그라다
파밀리아,
가족의 탄생

사그라다 파밀리아,

가족의 탄생

サグラダ・ファミリア

나가야마 가츠 장편소설

해강 옮김

한티재

차례

I

12월의 화창한 토요일 오후였다. 피아노 앞에 앉아 스크랴빈의 에튀드를 연주하고 있는데 전화가 울렸다. 연습 중에는 항상 무음 버튼을 눌러 자동 응답 기능으로 설정해 놓는데, 공교롭게도 어젯밤 해제한 채 재설정을 잊어버린 모양이다. 점차 감정이 고조되던 터라 받을지 말지 한참을 망설였다. 컵에 3분의 1 정도 남아 있는 얼그레이에 브랜디를 넣어 목을 축이는 동안 끊기면 좋겠다고 생각했지만 좀처럼 끊길 것 같지 않다. 피아노 밑에서 둥글게 몸을 말고 단잠에 빠져 있는 고양이도 일어날 기색이 없다. 이럴 때 텔레마케팅 전화라도 받게 된다면 분명 상담원에게 소리를 지른 후 불쾌한 기분에 휩싸일 것이다. 소리를 만드는 일은 섬세한 작업이다. 신은 디테일에 깃드는 법이라지만, 디테일에 집착하면 악구의 구성이 빈약해

7

지고 전체 흐름이 모호해진다.

목마름은 아까보다 심해졌다. 주방으로 가 맥주와 토마토 주스를 섞고 레몬즙을 넣어 마실 것을 만들어 왔는데도 전화는 계속 울리고 있었다. 반 정도 마셨을 때 오늘은 일 관련 전화가 오기로 되어 있었다는 사실을 겨우 기억해 냈다.

"나의 골드 핑거."

수화기를 들자 갑자기 맥없는 목소리로 여자가 말했다. 나를 이렇게 부르는 사람은 한 명밖에 없다. 이 목소리를 듣는 건 2년 만이다. 나는 순간 말문이 막히고, 이내 수화기에 대고 미소를 지을 뻔했다.

"세상에! 토오코야?"

"아아, 그 목소리, 가리 목소리!"

옛 연인은 울음이 터질 듯한 목소리로 감정에 북받쳐 말했다.

"어쩐 일이야? 무슨 일 있어?"

나는 방금까지 집중하던 것도 잊어버리고 반사적으로 물었다. 이대로 통화가 길어지면 모처럼 손끝에 잡혀 가던 음색을 놓쳐 버릴 것 같았지만, 토오코는 옛 연인에게 변덕으로 전화를 할 성격이 아니다. 무슨 일이 있는 게 분명했다.

"방금 태어났어. 아들이야."

"응?"

"제일 먼저 가리한테 알려 주려고."

"아기, 낳은 거야?"

"응. 지금 병원에서 전화하는 참이야."

염원하던 일을 해낸 후의 자신감 넘치고 후련한 목소리였다. 듣고 보니 수화기 너머로 갓난아기의 울음소리가 들린다.

"언제 결혼했어?"

"결혼 같은 거 안 했어."

"설마, 미혼모야?"

"그런 셈이지."

나는 뭐라고 대꾸하면 좋을지 몰라 말을 잇지 못한 채 한숨을 내쉬었다. 그러나 그녀에게는 오랜 꿈이 이루어진 것이니 아마도 축하한다고 해 줘야겠지.

"일단은 축하해."

상황이 상황인 만큼, 작은 소리로 축하했다.

"고마워. 기뻐해 주는 거야?"

곁에서 돌봐 주는 사람도, 응원해 주는 사람도 없이 혼자서 출산한 토오코를 생각하면 진심으로 기뻐할 수는 없었다. 제일 먼저 전화를 한 상대가 아이의 아버지가 아닌 옛 연인이라니, 너무나 애처롭고 쓸쓸하다.

"좀 더 빨리 전화했으면 옆에 있어 줬을 텐데."

"가리는 아기 싫어하잖아."

"그래도 혼자서 낳는 건 좀 아니잖아."

"혼자는 아니었어."

"상대 남자가 와 줬어?"

"아니. 그건 아니지만, 그 사람 친구가 계속 손을 잡아 줬거든."

"왜?"

"그 사람이 너무 무책임한 사람이라 불쌍히 여겨 준 게 아닐까?"

"그게 아니라, 왜 아이 아빠랑 결혼할 수 없냐는 소리야. 불륜이니?"

나도 모르게 흥분해 쏘아대듯 물었다. 낳는 건 부모 마음이지만 사생아로 살아갈 아이는 너무 불쌍하지 않은가.

"자세한 이야기는 만나면 찬찬히 해 줄게. 아기 보러 오지 않을래?"

"마침 12월은 돈이 되는 시기라 바빠."

"그랬지, 참. 그 후로 여자 친구는 생겼어?"

"이제 여자는 지긋지긋해서 말이야."

"나 때문에?"

"그렇지 뭐."

"미안해."

2년 전에도 지금과 똑같은 말을 하며 토오코는 나를 떠나갔다. 아무리 사랑해도 여자끼리 아이를 만들 수는 없다. 그러니 사과할 필요는 없다. 내가 모르는 곳에서 누군가와 가정을 꾸리면 된다. 누군가가 그녀를 지켜 주고, 그녀가 따뜻하고 행복하다면 나는 외로워도 괜찮다. 지난 2년간 그렇게 생각하며 살아왔는데, 미혼모라니. 힘이 빠진다.

"이번에는 어디에서 연주해? 오랜만에 듣고 싶네. 가리가 치는 피아노."

토오코는 지난 2년간 내 소식을 전혀 알지 못한다. 하고 싶은 이야기들이 산더미였다. 묻고 싶은 이야기도 무한히 있었다.

아니, 그렇지 않다. 하고 싶은 이야기 따위 하나도 없다. 토오코의 이야기 같은 건 아무것도 듣고 싶지 않다. 이제 와서 사막에 비를 뿌린다 한들, 그게 다 무슨 소용이란 말인가.

입을 다물고 있자니, 통화 중 대기음이 나를 살렸다. 이번에는 정말로 일 때문에 걸려 온 전화였다.

"또 전화해도 돼?"

"아니, 이제 하지 마. 안녕."

나는 갑자기 감정이 벅차올라 내팽개치듯 전화를 끊었다. 그리고 지금이 12월이라는 사실에 신께 감사했다. 오늘 밤도, 내일도, 다음 주말도, 일정이 차 있었다. 나는 산토리홀†을 만석으로 채우는 피아니스트가 아니다. 호텔 피로연에서 쇼팽을, 프렌치 레스토랑에서 사티를, 역 건물 입구에서 크리스마스 캐럴을 연주하는, 그저 그런 피아노 연주자에 지나지 않는다. 고양이 사료 값과 내가 마실 와인 값, 매달 내야 하는 방세를 벌 수 있다면 그것으로 충분하다.

어느새 악보 위에 석양빛이 떨어져 있었다. 스크랴빈을 칠 기력은 남아 있지 않았다. 게다가 발표할 길도 없는 19세기 러시아 음악을 휘몰아치듯 연습해 봤자, 폴 포트파 잔당이 누구도 밟지 않을 지뢰 구멍을 부질없이 파는 꼴이나 다름없었다.

나는 고양이에게 밥을 주고 화장을 하고, 오늘 밤 입을 의상을 가방에 쑤셔 넣고는 집을 나섰다. 마쿠하리

† 1986년 도쿄 아카사카에 건립된 일본의 대표적인 클래식 전용 콘서트홀. 탁월한 음향 시설 덕분에 전 세계 음악가들이 선호하는 최고 권위의 공연장이다.

에 새로 생긴 호텔 로비에서 디즈니 메들리를 연주해야 한다. 풀 페이스 헬멧 안으로 길게 묶은 머리를 밀어 넣고 라이더 재킷을 입은 후 애마 혼다에 걸터앉자, 여운으로 남은 토오코의 목소리가 저녁 어스름에 뒤섞여 내 안으로 스며들었다. 나의 허리에 양팔을 두르고, 등에 부드러운 가슴을 붙이며 기대던 그녀의 모습이 되살아났다.

토오코와 처음 만난 건 이노카시라 공원의 벚나무 밑에서였다. 벌써 3년도 전이다. 그때의 일을 토오코는 훗날 이렇게 회상하곤 했다.

"만개한 벚나무 밑에서 너 혼자 오제키 원컵‡ 사케를 마시고 있었어. 꽃구경 인파와 떨어져 혼자 있었는데, 키가 커서 눈에 아주 잘 띄었지. 바람이 거센 밤이었고, 네 긴 머리카락 위로 벚꽃 잎이 하늘하늘 떨어졌어. 모피 코트 밑으로는 맨살이 보였고, 검은 고양이를 안고 그저 조용히 달을 보며 오제키 원컵을 마시고 있었어. 넋을 잃고 여자를 바라본 건 그때가 처음이야."

‡　일본 오제키 사에서 만든 대중적인 컵 사케. 유리컵에 담겨 있어 별도의 술잔 없이 간편하게 마실 수 있다.

사실 와인을 마시고 싶었지만 와인 판매점은 문을 닫았고, 자판기에는 오제키 원컵밖에 없었다. 달을 보고 있었다는 것도 착각이다. 눈물 때문에 콘택트렌즈가 비뚤어져 아무것도 보이지 않았다.

　　"이거 드실래요?"

　　꽃놀이 무리에서 빠져나온 여자가 나에게 닭꼬치를 내밀었다.

　　"아뇨, 괜찮아요."

　　"이거 이세야에서 산 거예요. 맛있어요."

　　나는 간을 하나 받아 들고 말없이 먹었다.

　　"응, 맛있네요."

　　"그렇죠?"

　　여자는 기쁜 듯, 파와 고기를 끼운 꼬치와 연골 꼬치도 먹으라며 채근했다. 그녀가 바로 토오코였다.

　　"고양이도 먹으려나, 닭꼬치."

　　"이 고양이는 안 먹어요."

　　"슈마이†도 있는데."

　　"이미 죽었거든요."

---

†　　고기나 새우 등의 소를 얇은 밀가루 피로 싸서 쪄 낸 중국식 만두. 일본에서 간식이나 도시락 메뉴로 사랑받는다.

"아…… 그래서 울고 있었군요."

나는 그녀의 얼굴을 보려고 했다. 하지만 어긋난 렌즈 탓에 잘 보이지 않았다.

"그럼 묻어 줘야죠."

"우는 이유가 하나 더 있어요."

"뭔데요?"

"오늘 서른 살이 됐거든요."

"축하해요."

서른 살 생일을 나는 잊을 수 없다. 고양이가 죽었고, 토오코와 만났다. 벚꽃은 경박스러울 만큼 꽃잎을 활짝 벌리고는 숨이 막힐 정도로 미친 듯 피어 있었다.

"고양이 묻는 거 도와줄게요."

우리는 인적이 없는 잡목림까지 걸어가 고양이를 묻기로 했다. 하지만 인기척이 없는 곳을 찾기란 거의 불가능에 가까웠다. 어둠이 깔린 곳마다 커플들이 숨어서 입술을 빨아 대거나 몸을 더듬고 있었기 때문이다.

"우와, 대단하다. 본방을 하고 있네."

"세상에, 어디 어디?"

그런 이야기를 하며 걷는 동안, 나는 어느새 고양이 사체의 차가운 느낌을 조금씩 잊어 갔다. 생각해 보면 기묘한 일이지만, 일면식도 없는 여자에게 조금씩 위로받고 있었다.

겨우 적당한 장소를 찾아냈을 때에는 종합운동장 쪽까지 와 버린 후였다. 무덤으로 어울리는 자그마한 벚나무를 골라 밑동에 기대앉았을 때, 그제야 삽을 준비하지 않았다는 사실이 생각났다. 별수 없이 다 마신 오제키 원컵으로 구덩이를 파고 있으니, 그녀가 신고 있던 하이힐을 벗어서는 굽으로 함께 파 주기 시작했다.

"발이 더러워져요."

"씻으면 돼요."

"구두가 엉망이 될 텐데."

"또 사면 되죠."

갑작스레 강한 바람이 불어 나뭇가지를 흔들어 댔다. 연분홍색 꽃잎과 자잘한 모래알이 우리의 뺨을 스쳤다. 눈을 비빈 순간, 내내 어긋나 있던 콘택트렌즈가 제자리로 돌아왔다. 그러자 달빛을 받아 빛나는 아름다운 여인의 모습이 시야 속으로 갑자기 나타났다.

너무나도 가냘프고 중성적인 생명체가, 빨려 들어갈 듯한 갈색 눈동자로 나를 빤히 바라보고 있었다. 그 부드러운 머리카락을 만져 보고 싶다는 충동을 나는 억누를 수가 없었다. 아무렇지 않게 꽃잎을 쓸어 내는 척하며, 내 손은 그 감촉을 맛보았다. 여기가 만약 신주쿠 니초메[†]였다면 이런 상황에서 여자를 침대까지 끌어들이기란 그다지 어려운 일이 아니다. 하지만 여기는 기치조지이고, 그녀는 아무리 봐도 일반[‡]이며 다가가기 어려운 기품 같은 것이 있었다.

"이름이 뭐예요?"

하이힐에 달라붙은 흙을 털어 내며 그녀가 물었다.

"쿄코. 이시카리 쿄코."

"당신 이름 말고 고양이 이름이요. 무덤에는 묘비명이 필요하잖아요?"

"아, 그렇지. 시라타키[⸸]예요."

"꽤 괜찮은 이름이네요."

그녀는 근처에 있는 돌을 주워 볼펜으로 '시라타키'라고 쓰며 말했다.

[†]   도쿄 신주쿠구에 위치한 일본 최대의 성소수자 밀집 지역. 수많은 게이 바와 레즈비언 바가 모여 있어 성소수자들의 해방구이자 교류의 장으로 상징된다.

[‡]   성소수자 커뮤니티에서 비성소수자를 지칭하는 은어. 일본어 원문에는 '그럴 기질이 없다'는 뜻의 '논케(ノンケ)'로 되어 있다.

[⸸]   시라타키(白滝)는 '흰 폭포'라는 뜻으로, 실곤약(곤약 국수)을 일컫기도 한다.

파 놓은 구덩이에 시라타키를 묻고 흙을 덮어 메운 뒤 그 위에 작은 돌을 얹자 소박한 매장 의식이 끝이 났다.

"발 내밀어 봐요. 내 무릎 위에 올려요."

나는 그녀의 발치에 무릎을 꿇고는 적신 손수건으로 흙투성이가 된 발을 정중하게 닦아 주었다. 페디큐어 같은 건 한 번도 해 본 적이 없는 듯한, 발톱도 짧게 정돈된 수수하고 얌전한 발이었다. 구두 모양이 발에 맞지 않았던 탓일까, 새끼발톱이 반쯤 찌그러지고 갈라져 있다. 나는 이런 발에 약하다.

"너무 멋있는 손이네요. 손가락도 크고 힘이 세요."

"아, 직업이 직업인지라."

"뭘까? 맞혀 볼게요."

그녀는 곰곰이 생각하며 나의 몸을 훑어보았다.

"마사지사?"

"땡."

"조각가?"

"땡."

"배구 선수인가? 키도 꽤 크고."

"땡, 땡."

"흐음, 모르겠네."

나는 청바지 주머니에 넣어 두었던 내 독주회 티켓을

건넸다. 마침 티켓을 갖고 있어 다행이라고 마음속으로 쾌재를 불렀다.

"과연! 그러고 보니 당신은 피아니스트로밖에는 보이지 않는군요."

"괜찮으면 보러 와요."

"갈 수 있으면 갈게요."

그렇게 말하며 토오코는 어둠 저편으로 사라졌다. 나는 한동안 그곳에 망연히 선 채, 그녀의 또각거리는 구두 굽 소리를 귀로 쫓았다. 그것은 마치, 나를 겹겹이 둘러싸고 있는 자아의 방어벽을 조심스레 두드리는 소리처럼 들렸다.

그 시절에는 아직 산토리홀이 손에 잡힐 것만 같았다.

나는 음대 졸업 후 대학원에 진학했고, 2년간의 파리 유학과 1년간의 공백, 그리고 2년에 걸친 스페인 유학을 마치고 일본에 막 돌아온 참이었다. 유학 시절 여러 국제 콩쿠르에서 입상한 경력 덕분에 내 활동을 지원해 줄 매니지먼트사도 금방 구할 수 있었다. 어떤 사건을 계기로 정통 클래식 무대와 멀어지기 전까지, 이시카리 쿄코라는 이름이 스페인 음악을 연주하는 스페셜리스트로 조금씩 알려지고 있던 시절이었다.

파리 유학 후 1년의 공백 기간 동안, 내 음악의 방향성 뿐 아니라 삶의 방식 같은 것들이 결정됐다. 나는 드뷔시나 라벨 등의 프랑스 음악을 배우기 위해 파리에 갔지만, 가르쳐 주시던 선생님이 어느 날 갑자기 돌아가시는 바람에 망연자실한 상태로 목적을 잃고 방황하기 시작했다.

스페인에 와서는 알베니스, 그라나도스, 파야의 음악을 만나 푹 빠지게 되기까지 그리 오랜 시간이 걸리지 않았다. 그것들은 모두 내 피가 기억하는 음률로 가득했다. 훌륭한 스승을 만난 것도 큰 행운이었다. 그녀는 스페인 음악의 뼈대 같은 것, 즉 정열과 관능이라는 두 단어만으로는 다 설명할 수 없는 깊은 샘물을 길어 올리는 방법을 나의 뼈에 사무치도록 새겨 주었다. 2년 동안 나는 피 한 방울, 한 방울에 이르기까지 스페인 사람이 되어 있었던 것 같다.

그녀가 가르쳐 준 것은 피아노뿐이 아니었다. 선생님은 완전한 이성애자였지만 동성애라는 성적지향을 일종의 특별한 재능이라 생각해, 대놓고 부러워했다. 선생님은 만약 본인이 동성애자로 태어났다면 일류 음악가가 될 수 있었을 거라고 자주 말하곤 했다. 젊은 시절, 좋아하게 된 음악가들이 모조리 게이였던 탓에, 굴절된 실연을 반복하다 보니 일반적인 콤플렉스와는 정반대의 콤플렉스를 갖게 되었다고 한다. 한 번도 그런 식의 이야기를 해 준 사람이 없었기에 나는 태어나서 처음으로 나의 섹슈 얼리티에 자신감을 가질 수 있었다. 이것은 결함이 아닌 출입 허가증이라고 여길 수 있게 되었다.

나 같은 사람이 이 업계에서 애인을 찾기란 그다지 어려운 일이 아니었다. 나는 바이올린 연주자, 클라리넷 연주자, 악기 조율사와도 사귀었다. 소프라노 가수와 하룻밤을 보내기도 했고, 음악평론가의 구애를 받은 적도 있다. 어딘가의 오케스트라와 협연이라도 하게 되면 단원 중 누군가와 어김없이 은밀한 사이가 되었다. 여자를 유혹해서 퇴짜를 맞은 적은 한 번도 없다. 남자에게 구애받아 따라간 적도 한 번도 없다. 그러나 마음 저 깊은 곳에서부터 떨려 오는 진정한 사랑은 한 적이 없었다.

나루시마 토오코는 내가 지금까지 만나 온 여자들과는 완전히 달랐다.

"당신 천재네요."

독주회가 끝난 후 대기실로 찾아온 토오코는 입을 열자마자 그렇게 말했다. 그녀의 모습이 첫인상과는 너무나 달라, 나는 순간 누구인지 기억해 내지 못한 채 입가에 영업용 웃음을 지으며 아는 체를 해야 했다.

"이거, 꽃다발 대신이에요."

그녀는 비옷 주머니에서 무언가 검고 복슬복슬한 것을 꺼냈다.

"아!"

나는 작게 탄성을 내질렀다. 그것은 까만 새끼 고양이였다. 겨우 한 달 정도 된 듯했다. 죽은 고양이의 환생처럼 느껴져 나는 엉겁결에 양손으로 고양이를 받아 품에 안았다. 그와 동시에 그날 밤의 달빛과 벚나무 그늘과 모래바람의 기억들이 아플 정도로 되살아났다.

"분명 쓸쓸할 것 같아서요."

"이 고양이 어떻게 된 거예요?"

"주웠어요. 얼마 전에 신주쿠에서. 이렇게 근사한 대기실은 처음 와 봐요."

"이름은요?"

"아직 안 지었는데."

"당신 이름이요."

그녀는 머쓱하게 웃으며 연분홍색 명함을 건넸다. 거기에는 이렇게 적혀 있었다.

르포라이터 나루시마 토오코

내가 르포라이터라는 직업에 대해 갖고 있던 이미지와 지금 눈앞에 있는, 생면부지의 고양이를 함께 묻어 준 사람의 모습 사이에는 적잖은 차이가 있었다. 잡지 같은 데서 본 르포라이터의 모습은 스포츠머리를 하고 야쿠자 같은 선글라스를 쓴, 언뜻 보기에도 땀 냄새에 절어 있을 것 같은 중년의 남자였기 때문이다. 그런데 이 사람은 방금 막 꺾은 듯한 새뜻한 아네모네 향이 난다. 부드럽고 달콤해 보이는 입술을 가졌다. 그녀가 웃으면 공기가 봄바람처럼 일렁거렸다.

"어떤 기사를 써요?"

"이래 봬도 묵직한 논픽션을 다뤄요. 일본의 전후 배상 문제, 특히 일본군위안부 문제가 요즘 테마예요."

"멋있네요."

"하지만 그것만으로는 먹고살 수 없으니까 에이즈든 옴 진리교든 다이어트든 뭐든 안 가리고 쓰지만요."

이 작은 몸 어디에서 그런 힘이 나오는 걸까. 그녀의 분위기에서 뿜어져 나오는 온화한 지성의 빛과 터프한 생명력의 반짝임, 그런 불균형들이 이 사람만의 독특한 매력을 자아내고 있었다.

그렇게 생각한 순간 나는 이미 빠져나올 수가 없었다. 아니, 벚나무 아래에서 처음 그녀를 본 순간부터 너무나 깊이 빠져 버렸다는 것을 알았다. 그리고 아마 그녀도 나와 같은 마음일 거라는 사실을, 우리는 서로를 너무나 원하게 될 것이라는 사실을, 나는 아주 강하게 확신했다.

새 고양이의 이름은 '하루사메'라고 정했다. 토오코가 지어 준 이름이다.

"시라타키의 후임이니까 하루사메†라고 하면 어떨까요? 주웠을 때 마침 비도 내리고 있었고요."

"괜찮네요. 그걸로 할게요."

고양이를 좋아하는 토오코는 자신이 주워 온 책임도 있다며, 기치조지 변두리에 있는 나의 집까지 고양이를 보러 자주 찾아왔다. 그녀는 오야문고‡가 가깝다는 이유로 하치만야마에 살고 있었기 때문에 언제든 마음이 내킬 때면 불쑥 찾아올 수가 있었다. 토오코가 오면 대개 내가 요리를 하고, 돌아갈 때는 오토바이 뒷자리에 태워 그녀를 데려다주는 것이 우리의 습관이 되었다.

"아니, 피아니스트가 식칼 같은 걸 써도 되는 거야?"

처음으로 스페니쉬 오믈렛과 가스파초, 파에야를 대

---

† 하루사메(春雨)는 일본어로 '봄비'와 '당면'을 동시에 뜻한다. 전임 고양이인 '시라타키(실곤약)'와 결을 맞춘 이름이다.
‡ 도쿄 세타가야구에 있는 잡지 전문 도서관.

접했던 날, 요리를 잘하지 못하는 토오코는 내 손을 걱정스러운 듯 바라보며 말했다.

"나카무라 히로코[＋]도 항상 카레를 만들어."

"라켓이 있는데, 테니스도 치나 보네?"

"테니스도 치고 스키도 타. 배구는 안 하지만."

"믿을 수가 없어. 오토바이는 타도 되는 거고? 굴러서 다치기라도 하면 어쩌려고 그래?"

"다치는 걸 겁낸다고 아무것도 안 하기보다는 인생을 즐기는 편이 멋진 피아노 연주를 할 수 있다고 생각하지 않아?"

"하긴. 그런데 가리는 왜 가리라고 불리는 거야?"

"음대 다닐 때의 별명이었어. 이시카리의 카리에서 따온 거지만, 옛날에는 몸도 비쩍 마른 데다가 공붓벌레였거든."[＋＋]

"UN 전 사무총장[＋＋＋]이랑은 아무 상관 없지?"

"당연하지."

토오코는 식사를 마친 후 으레 설거지를 해 주거나 커

[＋] 일본을 대표하는 세계적인 피아니스트(1944~2016).
[＋＋] 깡마른 모습을 뜻하는 '가리가리(がりがり)'와 공부벌레를 뜻하는 '가리벤(がり勉)'의 앞 글자를 따서 만든 별명이다.
[＋＋＋]부트로스 부트로스 갈리를 이른다.

피를 내려 주곤 했다. 그런 행동들이 아무렇지도 않은 듯 자연스럽게 나오는 건 큰 장점이다. 개중에는 마치 아저씨처럼 손끝 하나 까딱하지 않으려는 여자들도 있다. 꼭 그런 사람들이 침대 매너도 최악인데, 자신은 아무것도 하지 않으면서 상대가 해 주는 것만을 탐하는 경우가 많다. 결국 끝에 가서는 역시 남자가 좋다며 떠나 버리는 사람도 있어 정이 뚝 떨어져 버린다.

토오코와 그런 사이가 된 건 여름이 시작되고부터였다. 나는 이제까지 두세 번의 데이트 후 재빠르게 사냥감을 쓰러뜨려 온 공격형 타입이었지만 이번에는 스스로도 이상하다고 생각될 만큼 신중했다. 그녀를 만지지 않고 봄을 버텨 내려 했다. 한 계절을 견딘 후에도 여전히 그녀의 목덜미에 욕정을 느낀다면 그때 내가 원하는 것을 취할 작정이었다. 그렇게 금욕적으로 사람을 연모한 것은 처음이었다.

그것은 토오코의 섹슈얼리티를 잘 몰랐기 때문이기도 하다. 완전한 헤테로인지 아니면 바이인지, 나로서는 정확히 판단할 길이 없었다. 남자와 사귄 경험이 있다고 하니 진성 레즈비언이 아니라는 사실은 분명했다. 나는 토오코에게 나의 섹슈얼리티를 숨기려고 한 적은 없었다.

"너를 좋아해도 될까?"

토오코가 불쑥 그런 말을 한 것은, 여느 때와 다름없이 그녀를 바래다주기 위해 오토바이를 타고 고슈카이도 대로를 달리던 밤이었다. 신호등이 빨간불에서 초록불로 바뀌기 직전의 일이었다. 나는 뭐라 대답할 겨를도 없이 출발했고, 다음 신호까지 아무 말 없이 달리기만 했다.

"허락을 받을 필요는 없어."

"응?"

"사랑에는 위반 딱지도, 제한 속도도 없잖아."

농담이라고, 멋쩍음을 숨길 만한 말을 덧붙일 새도 없이 신호가 바뀌었고, 토오코는 깔깔거리며 웃어 댔다.

"얼굴은 진지한데 은근히 웃긴다니까, 정말."

"지금까지 여자를 좋아해 본 적은 있어?"

"있다고는 생각해. 머릿속으로는."

"내 사전에 플라토닉 러브 같은 건 없어."

"네가 여자들한테 늘 하듯이 하면 돼."

토오코는 내 방에서 안기고 싶다고 말했고, 나는 그대로 유턴해 기치조지로 돌아갔다.

현관에서 키스를 하고, 복도에서 나뒹굴며 블라우스를 벗기고, 부엌을 기며 치마를 벗기고, 테이블 다리에 머리를 부딪혀 가며 스타킹과 속옷을 벗겨 내고, 침대까지 가기에도 애가 달아 피아노 밑에서 서로를 안았다. 몇 번이나, 몇 번이나, 몇 번이나, 정신이 아득해질 만큼 몇 번이나 사랑한다는 말을 속삭였다. 나는 토오코를 부서뜨리지 않도록, 토오코의 어둠을 부서뜨리지 않도록, 토오코의 빛을 부서뜨리지 않도록 살며시 토오코를 안았다.

"굉장해! 정말이지 엄청난…… 피아니스트의 손가락!"

"매일 몇 시간이나 연습하니까."

"이런 건…… 너무 대단해……. 이럴 수가!"

토오코는 나의 가운뎃손가락에 관통당한 채 소리를 지르며 실신했다.

파리 유학 시절, 리스트를 연주하다 관객을 기절시킨 적은 있었지만, 침대에서 여자를 기절시킨 것은 처음이었다. 너무나 감동한 나머지 눈물이 멈추지 않았다.

그날부터 이 손가락은 골드 핑거라고 불리게 되었다.

"부탁이 있어."

"뭔데?"

"나만을 위해서 피아노를 연주해 줄래?"

"좋아. 뭐가 듣고 싶어?"

"달콤하고 애절한 곡. 지금 기분 같은."

나는 알몸으로 손을 씻지도 않고 쇼팽의 왈츠 두 곡과 녹턴 한 곡, 그리고 멘델스존의 『무언가집(無言歌集)』

에 있는 〈뱃노래〉를 연주했다. 토오코는 단조 곡을 좋아했다.

그 후로도 알몸 연주회는 줄곧 섹스 후의 의식이 되었다. 그래서 내 스타인웨이 건반에는 토오코의 냄새가 스며들어 있다. 토오코의 이슬방울, 생명의 이슬방울, 아네모네의 부드러운 향기. 그것들은 이 스타인웨이에 들러붙어 있던 살벌한 사랑의 기억을 씻어 내고 깨끗이 정화해 주었다. 토오코는 늘 단조 곡만을 듣고 싶어했다.

2

이제 토오코와는 헤어질 수 없다는 확신이 들자, 내게
는 꼭 해야 할 일이 생겼다.

"사실은, 만나 줬으면 하는 사람이 있어."

조심스레 말을 꺼내자 하루사메에게 밥을 주던 토오
코는 희미한 불안감을 내비치며 웃어 보였다.

"혹시 부모님을 만나자는 건 아니겠지?"

"설마. 커밍아웃 안 했어."

"친구인 척하면 되는데."

"못 해. 얼굴에 다 드러나."

"그럼 누구? 옛 연인이라고는 하지 마."

"그렇다고도, 아니라고도 못 하겠네. 우메 여사는."

"우메 여사?"

"우메바야시라는 사업가야. 나이는 쉰둘인데, 40대의

육체와 30대의 분별력, 20대의 감수성을 가졌지."

한 가지 더 덧붙이자면, 우메 여사는 10대의 순수함, 혹은 그만큼의 잔혹함도 가지고 있다. 물론 60대의 노련함까지도. 하지만 그 사실은 토오코에게 말하지 않았다.

"알았어. 후원자구나."

예리한 토오코는 자연스레 알아맞히더니 이내 불안한 듯한 눈을 했다.

"분명 후원자이긴 하지만, 그렇다고 매달 지원을 받는 건 아니야."

"그런 게 아니라."

나는 토오코에게 불필요한 자극을 주지 않도록, 또 우메 여사가 부당하게 욕되지 않도록 말을 골라 가며 신중하게 설명하려 애썼다.

"음악은 돈이 들어. 음대에 들어가거나 좋은 선생님도 만나야 하고, 일류가 되기 위해서는 일류의 음악을 들어야 하지. 서양 음악을 하려면 본고장에서 공부해야만 하고. 국제적인 콩쿠르에 참가하고 귀국하면 콘서트도 열어야 해. 관객이 바로 생기지는 않으니까 티켓을 한꺼번에 사 줄 사람이 없으면 해 나갈 수가 없어. 수준 높은 연주를 하기 위해서는 매일 몇 시간씩 연습도 해야 해. 아르바이트를 할 시간도 없지. 교양도 있어야 하고 사치도 부릴 줄 알아야지. 그러지 않으면 궁상맞은 연주가 돼 버려."

"그건 그렇겠지. 사람들에게 무언가를 부여해 주는 일이니까."

"무엇보다도, 우메 여사가 내 음악을 가장 먼저 이해해 준 사람이라는 사실을 알아줬으면 좋겠어."

우메 여사를 처음 만난 건 열아홉 살 때였다. 그저 피아노를 잘 칠 뿐, 세상 물정도 모르고 버릇도 없던 오만한 여자아이를 사람 냄새 나는 피아니스트로 키워 준 사람이 바로 우메 여사였다. 유학 자금과 연주회 비용을 지원받았을 뿐만 아니라, 그녀로부터 깊은 내면에 관련된 감정 교육을 받았다고 느낀다. 조금 과장해서 말하자면, 그녀를 통해 세상의 삼라만상을 바라보는 법을 배웠다고 생각한다.

테이블 매너도, 무대 매너도, 침대에서의 매너도, 모두 그녀에게 배웠다. 꽃 이름도, 별 이름도, 새 이름도, 우메 여사는 뭐든 알고 있었다. 와인을 마시는 법, 돈을 쓰는 법, 사람을 움직이는 법, 허세를 부리는 법, 기품 있게 거짓말하는 법, 회화를 감상하는 법, 스포츠맨십, 시심(詩心)이란 무엇인지, 남자와의 이별 방법, 여자와의 이별 방법, 생선을 손질하는 방법, 진정한 우아함이란 무엇인지.

우메 여사에게 배우지 않은 것을 말해 보라면 아이를 키우는 방법 정도이지 않을까.

폴리니†를 싫어하고 호로비츠‡를 좋아했다. 바이섹슈얼이며, 두 번 결혼했고 두 번 이혼했다. 아이를 가진 적은 한 번도 없었다. 아카사카에서 유흥업소를 몇 개 운영하고 있으며, 잘나갈 때와 바닥을 칠 때의 차가 극심해 매달 천국과 지옥을 왔다 갔다 하는 삶을 살았다.

"인생은 겜블이야. 천국일 때는 벤츠를 타고 지옥일 때는 지하철을 타면 돼."

그녀는 늘 그렇게 말하곤 했다. 그런 시원시원한 성격 때문인지 전성기일 때 우메 여사는 '아카사카의 점보'라고 불리며 칭송받았다고 한다. 우메 여사는 그 나이대의 여성치고는 흔치 않게 나와 키 차이가 별로 나지 않았고, 우리가 나란히 걸으면 전봇대가 걷고 있는 것 같다는 말을 자주 들었다. 게다가 남자 같은 말투여서 나는 종종 '우메 아재'라고 장난을 쳤다.

---

† 이탈리아의 피아니스트. 현대적이고 지적인 해석과 티끌 하나 없는 완벽한 기교로 유명했다.

‡ 러시아 출신의 미국 피아니스트. '최후의 낭만주의자'로 불리며, 청중을 홀리는 강렬한 개성과 폭발적인 열정으로 20세기 최고 거장의 반열에 올랐다.

"당연히 육체적 관계도 있었겠지?"

"이제 알고 지낸 지 12년이 되는데, 그런 게 있었던 적은 처음 2, 3년뿐이야."

스무 살, 스물한 살, 스물두 살. 우메 여사는 마흔두 살, 마흔세 살, 마흔네 살. 우리는 살벌한 사랑을 했다. 스타인웨이를 선뜻 사 준 것도 그 시기의 일이다.

스타인웨이를 발견한 곳은 악보를 사러 우연히 들른 긴자의 악기점이었다. 진열대 가장 안쪽, 말로 형용할 수 없을 정도로 아름다운 자태의 월넛 색상 함부르크 스타인웨이 걸작품이 고고히 자리하고 있었다. 나는 침이 흐를 것만 같았다. 멍하니 서서는 눈물이 어릴 만큼 꼼짝없이 바라보며 50번 정도 한숨을 내쉬었다.

"괜찮으면 연주해 보시겠어요?"

점원이 말을 걸었고, 빨려드는 듯 건반에 손을 올렸다. 중후하면서도 선명한 소리가 나의 오감을 더없이 황홀하게 만들었다. 30분 정도 홀린 듯 연주한 후 나는 체념하고 건반에서 손을 뗐다. 아직 나에게는 너무나 과분하다.

"이거, 갖고 싶으냐?"

그 모든 장면을 조용히 지켜보던 우메 여사가 채소 가게 앞에서 수박을 가리키듯 말했다.

"갖고 싶긴 하지만, 얼마나 비싸겠어."

"얼마인데."

"사백육십만 엔."

"사 백 육 십 만 엔."

우메 여사는 그 말을 두 번 중얼거렸다.

"비싸네."

"그야 스타인웨이니까."

"그렇지만 소리도 좋고, 이 피아노는 너한테 잘 어울리는군."

"이렇게 멋진 피아노는 본 적이 없어."

"좋아, 사 주지."

"하하하, 거짓말."

농담이라 생각했지만, 우메 여사는 점원을 불러 세워 말했다.

"이거 하나 줘요. 포장은 안 해도 되고."

마치 채소 가게에서 토마토를 사듯 툭 내뱉은 한마디였다. 할부 같은 쩨쩨한 행동은 하지 않았다. 항상 현금 일시불로 계산하던 사람이다.

"이 은혜는 평생 잊지 않겠습니다."

"바보야. 은혜가 아니야. 이건 사랑이다."

"뭐가 달라?"

"은혜는 언젠가 갚아야 하지만, 사랑은 보답을 바라지 않는 거지."

"그래도 우메 여사는 내 은인이야."

"은인이라면 네 몸을 바라지는 않을 것 아니냐? 애인 이지."

"그건 모순이잖아. 보답을 바라고 있는걸."

"그런가? 그러네."

우메 여사는 그렇게 말하며 호탕하게 웃었다. 이 사람 이 큰 소리로 웃으면, 초원에서 사자가 재채기를 하는 것 같다.

"나이가 더 들어서 우메 여사의 생활이 어려워져도, 내가 꼭 노후를 돌봐 줄게."

"그런 것보다 약속해 다오. 언젠가 네게 진심으로 사 랑하는 사람이 생기면 반드시 내게 데려오기로 말이야. 남자든 여자든 상관없다만, 하룻밤 상대가 아닌 진심으 로 사랑하는 녀석이어야 해."

"우메 여사는 언젠가 나를 버리려고?"

"그래. 늙고 추한 모습을 보이기는 싫으니까."

"우메 여사는 아직 아주 아름다운걸. 나는 당신의 주 름도 좋아해."

"설령 너를 안지 않더라도 피아노만은 들어 줄 테니

걱정하지 말고."

"싫어. 계속 안아 줘."

나는 스무 살 남짓한 어린애가 감당하기에는 벅찰 만큼 뜨거운 사랑을 받았다. 우메 여사는 언제나 무언가와 전력을 다해 싸우는 사람이었다. 일이 잘 풀리지 않을 때는 빚쟁이들과 싸우고, 알코올 중독과 싸우고, 세상의 편견과 싸웠으며, 나 같은 계집아이를 향한 미칠 듯한 애정과 싸웠다. 중독 발작이 일 때면 근거 없는 질투로 괴로워하며 내 정절을 의심했고, 나의 손을, 피아니스트의 생명인 손을, 부러뜨릴 듯 심하게 때리기도 했다.

"이 손이 문제야! 이 음란한, 천박한 손이!"

"안 돼! 부탁이야, 손만은 안 돼!"

"이따위 장난감에 영혼까지 팔고! 박살 내 줄 테다!"

"피아노 만지지 마! 당신이 사 준 스타인웨이잖아!"

"너는 돈만 보는 거잖아? 나를 이용할 생각밖에 없는 거잖아!"

나는 차이고, 구타당하고, 물어뜯기고, 머리채를 잡혀서 끌려다니고, 증오로 가득 찬 갈 곳 없는 말의 흉기에 찔리기 일쑤였다. 그것은 발작 때마다 심야부터 동이 틀 때까지 계속되었다. 날뛰고 욕지거리를 하다가 지쳐 잠든 우메 여사에게 이불을 덮어 주고 상처를 치료해 준 후, 나는 아침 뉴스 시간까지 덜덜 떨며 피아노를 연주했다. 나의 인격이 육체로부터 떨어져 나가 조각조각 파괴되는 것을 잠깐이라도 막아 보려는 것처럼. 그런 순간에도 우메 여사를 미워할 수는 없었다. 한순간이라도 사랑과 감사함을 잊은 적이 없다. 언젠가 살해당할지도 모른다고 생각하면서도 도망치려고는 하지 않았다. 치고[†]는 무사와 운명을 함께하는 법이다. 이 사람이 망가진다면 나도 함께 무너져야겠다고 생각했다.

하지만 우메 여사는 성이 함락되는 최후의 순간, 치고만은 뒷문으로 몰래 내보내 주는 무사였다. 자동차도 아파트도, 샤갈의 그림조차 내버려둔 채 빚쟁이가 두드리는 문에 등을 기대고는 부릅뜬 눈으로 모차르트를 듣고 있었다. 클리블랜드 관현악단이 연주하는 클라리넷 협주곡. 그녀는 카라얀[‡]을 싫어했고, 조지 셀[♯]을 좋아했다.

[†] 과거 일본 무사 사회에서 남성 무사와 긴밀한 정서적·육체적 관계를 맺으며 시중을 들던 소년.

[‡] 오스트리아 출신의 지휘자. 화려하고 권위적인 스타일로 클래식의 대중화를 이끌었다. 그의 리더십은 종종 독재적이라는 평을 받았다.

[♯] 헝가리 출신의 지휘자. 클리블랜드 관현악단을 세계 정상급으로 끌어올렸으며, 섬세하면서도 엄격하고 논리적인 지휘 스타일로 유명하다.

"너한테는 이제 질려 버렸다. 나가 다오."

"싫어. 안 헤어질 거야."

"이제 아무것도 해 줄 수가 없어."

"이번에는 내가 우메 여사를 도와줄게."

"얼른 어른이 돼라. 피아노로 먹고살아. 잘나가거든 생활비라도 보내 주고."

"지금 바로 술집에 나가든, 뭐든 할게."

밖에서는 야쿠자들이 문을 부수려 하고 있었다. 확성기를 타고 야쿠자들의 쓰레기 같은 욕설들이 들려왔다. 안 나오냐, 점보! 이 변태 년아, 돈 내놓으라고!

우메 여사는 꿈쩍도 하지 않았다. 모차르트의 볼륨을 높일 뿐.

"이 소리를 들어 봐라. 지금 이 순간, 지옥 밑바닥에 빠진 인간을 구원하고 있지. 이런 대단한 일을, 과연 네가 할 수 있을까?"

그 말과, 그 순간 우메 여사의 모습을 나는 평생 잊지 못할 것이다.

대학원을 졸업할 때까지 우메 여사와는 거의 만나지 않았다. 내가 파리에 갈 즈음에는 그녀의 사업도 어찌저찌 회복되어 정기적인 후원금을 받을 수 있게 되었다. 그녀는 몇 번인가 파리와 마드리드로 나를 찾아와 호사를

누리게 해 주기도 했지만, 더 이상 우리가 잠자리를 같이
하는 일은 없었다.

"그래서, 지금까지 누군가를 데려간 적은 있어? 우메
여사한테."

우메 여사에 관한 긴 이야기를 이쯤에서 끝내자, 토오
코는 흥미로워하면서도 조심스레 내게 물었다.

"없어. 약속했으니까. 진정한 사랑만을 데려가겠다고."

그 대답에 만족한 듯, 토오코는 그제야 나의 권유를
받아들였다.

우리는 차이나타운에서 원탁을 둘러싸고 앉았다.

분명 머리부터 발끝까지 훑어보며 관찰할 거라고 예
상한 것과는 달리, 우메 여사는 토오코를 뚫어지게 쳐다
보지도 않았고, 의외로 안절부절못하며 차를 따르고 뺨
을 붉혔다. 그러는가 하면 오랜만에 만난 이모처럼 살갑
게 대해 주기도 했다. 쑥스러웠던 것일지도 모른다. 산전
수전 다 겪은 노련한 사업가에, 야쿠자를 울린 적도 있는
사람이, 믿을 수 없을 만큼 순수하고 부끄럼쟁이 같은 구
석이 있었다.

한편 토오코는 마르티니의 〈수태고지〉에 등장하는
천사 같은 중성적인 향기를 풍기며, 긴장과 질투로 우메

여사를 줄곧 경계했다. 하지만 긴장과 질투는 머지않아 편안함과 경외감으로 변해 갔다. 어느새 두 여자는 마음을 열고 내 흉을 보며 즐거워하고 있었다.

"어떤 것 같아?"

나중에 우메 여사에게 토오코에 대해 물었다.

"독특한 여자구나. 똑 부러지는 것 같으면서도 어딘가 칠칠치 못하고. 어두운 건지 밝은 건지 잘 모르겠어. 너보다 섬세하지만 나보다도 터프해. 한없이 순하다가도 너무나 완고하고. 불처럼 거세고 물처럼 여리구나. 쿨해 보여도 정은 깊어. 좋은 여자다."

"다행이네. 당신 마음에 들어서."

"너희는 닮았어."

"그런가?"

"잘 만났다. 네 분신 같은 여자야."

나는 그렇게 느낀 적이 없었기에 조금 당황스러웠다.

"하지만 가리야, 신혼인 것치고는 쓸쓸해 보이는구나."

"내가? 쓸쓸해 보인다고? 어디가?"

나는 더더욱 혼란스러워져 격앙되어 물었다.

"상실의 두려움을 처음 안 건가?"

"아니. 그 애랑은 헤어질 것 같지 않아."

"호오. 좋을 때구면."

"죽을 때까지 함께할 거야."

기세 좋게 단언했지만 그런 건 불가능하다는 사실을 나는 알고 있었다.

우리는 인생의 목적이 너무나 달랐다.

"세상에서 제일 갖고 싶은 게 뭐야?"

언젠가 토오코가 이런 질문을 한 적이 있다. 나는 잠시 생각에 잠겼다가 답했다.

"재능. 지금보다 더 훌륭한 연주를 하고 싶어."

내가 같은 질문을 던지자, 토오코는 조금의 망설임도 없이 그 자리에서 바로 대답했다.

"아기."

레즈비언의 최대 장점은 아무리 섹스를 해도 아이가 생기지 않는 거라고 생각했다. 하지만 바로 그 사실이 가장 큰 벽이 될 수도 있다는 것을, 나는 토오코와 사귀면서 뼈에 사무치도록 깨달았다.

"가리의 아이를 갖고 싶어."

섹스 후에 토오코는 항상 절실하게 말했다.

"있잖아, 그 골드 핑거로 나를 임신시켜 줘."

"설령 이 손가락에 그런 힘이 있다고 하더라도 그것만은 사양하고 싶네."

"아기가 그렇게 싫어?"

"엄청을 세 번 붙여도 될 만큼."

내가 아이를 싫어하는 것은 신조에 가까운 수준이다. 거주할 곳을 정할 때 최우선 조건은 '옆집과 윗집에 아이가 없을 것, 근처에 어린이 공원이나 초등학교가 없을 것'이다. 전철에서 소풍을 가는 초등학생 무리나 어린이 야구단을 마주치기라도 하면 아이들의 무신경한 고함을 참지 못하고 기어이 다른 칸으로 이동한다. 버스 안에서 갓난아기가 나를 보고 웃으면 기분이 나빠져 눈을 돌린다. 무엇보다 참을 수 없는 것은 아기의 울음소리다. 버스 안에서 아기 울음소리가 들리면 목적지에 도착할 때까지 견딜 수 없어 그 자리에서 내려 버린다.

"토오코도 그런 게 있으면 일을 못 하게 될걸?"

"아이를 키우는 게 훨씬 보람 있어. 그것보다 더 멋진 일이 있을까?"

"전업주부가 되고 싶다는 거야?"

"오해하지 말아 줘. 나는 결혼을 하고 싶은 게 아니야. 아이가 갖고 싶을 뿐이지."

"미혼모라도 되겠다는 소리야?"

"우리 둘이서 키우면 근사할 것 같지 않아?"

"난 아이 같은 건 필요 없어. 피아노를 못 치게 되잖

43

아."

　토해 내듯 그렇게 말하면 토오코는 너무나 슬픈 얼굴을 한다.

　"알았어. 혼자 키울게. 그래도 이왕이면 가리의 아이를 갖고 싶은데."

　"안 된다니까."

　"지금 배란기거든. 오늘 하면 무조건인데."

　"그럼 어디 아무 남자나 낚아서 하고 오면 되겠네."

　"그래도 돼?"

　그렇게 진지한 눈으로 물을 때면 가슴이 내려앉는다. 괜찮다고도 할 수 없고 싫다고도 할 수 없다. 이런 대화는 늘 있는 일이었다. 토오코는 배란기에는 평소보다 섹스가 격해진다. 그 후에는 '반드시'라고 말해도 될 만큼 이 이야기를 반복했다. 토오코를 데려다준 뒤, 지금쯤 어딘가에서 누군지 모를 남자와 아이 만들기에 열중하고 있는 건 아닌지, 몸부림치며 잠 못 이룬 적도 있다. 대놓고 질투를 하기에는 나의 자존심이 허락하지 않았다. 게다가 아무리 뭐라고 한들 나에게 그녀를 임신시킬 능력은 없으니, 그에 관해서 이러쿵저러쿵 말할 자격도 없었다. 나이를 생각하면 이제 시간이 별로 없다는 그녀의 초조함도 나는 이해하고 있었다.

나는 토오코를 잃고 싶지 않았다. 무슨 일이 있어도 그녀를 받아들이고 용서할 거라고 생각했다. 토오코는 남자를 원하는 게 아니라 정자를 원하는 것뿐이니까. 그건 바람조차도 아니니까.

토오코가 그렇게나 아이를 원하는 이유는 그녀의 가정환경 때문일지도 모른다.

아홉 살에 어머니를 여읜 토오코는 상사 직원이었던 아버지와도 떨어져 친척 집에 얹혀살아야 했다. 아버지는 발령지인 멕시코에서 현지 여자와 재혼해 버렸고, 그 후론 일 년에 한 번 만나기도 어려워졌다. 토오코는 외동이었지만 친척 집에는 아이가 둘 있었다. 괴롭힘을 당하지는 않았다고 했지만, 토오코처럼 섬세한 성격의 소유자라면 숨이 막힐 정도로 눈치를 살피며 살았을 것이 분명하다.

"큰아버지도 큰어머니도 아주 공정한 분들이었어. 내가 절대로 주눅 들지 않도록 신경을 써 주셨지. 사촌들이랑도 무난하게 지냈어. 하지만 거기는 내가 있을 곳이 아니었어. 아웃 오브 플레이스. 집에 있어도, 학교에 있어도, 어른이 되어도, 항상 그런 느낌이 나를 따라다녔어. 나는 오로지 나만을 위한 장소가 필요했어."

토오코는 자신의 손으로 피와 살과 온기가 있는 가정

을 만들고 싶은 것이다. 그리고 그 가정의 중심에는 아이가 있어야 한다.

"왜 지금까지 결혼하지 않은 거야?"

"상담하러 갔더니 남성공포증이래. 나를 버린 아버지를 향한 증오심이 원인이라 하더라고."

"그래?"

"절반은 맞는 이야기야. 남자는 못 믿겠다고 내심 생각하기는 해."

"나머지 절반은?"

"나, 엄청난 마더 콤플렉스가 있는 건지도 몰라. 항상 여자를 원해 왔어. 나한테 모성애란 무엇과도 바꿀 수 없는 최상의 것이거든. 그걸 받고 싶은 게 아니라 주고 싶어. 하지만 진짜로 사랑하는 사람이 아니면 안 돼."

"그런 남자는 없었던 거지?"

"섹스도 싫었고, 존경심도 들지 않았어. 어떤 남자든 다 그랬으니까, 나는 어쩌면 불감증에다가 오만한 나르시시스트인 게 아닐까 하고 고민했지. 하지만 그런 게 아니라고 가리가 알려 줬어. 나는 레즈비언이었던 거야. 서른이 넘어서 자기 섹슈얼리티를 알게 되다니, 이런 일도 다 있네."

나는 어린 날의 토오코를 위해 슈만의 〈어린이 정경〉

을 몇 곡 연주해 주었다. 등 뒤에서 토오코가 부드러운 가슴을 살며시 갖다 댔다. 나는 연주하면서 토오코에게 물었다.

"살아오며 제일 슬펐던 날이 언제야?"

"아홉 살이 되던 생일날이려나. 그날 엄마가 돌아가셨어."

"지금, 아홉 살 토오코에게 키스를 해 줄게."

토오코를 안고 성모 마리아처럼 입을 맞추자 토오코는 결국 울음을 터뜨리고 말았다.

"이렇게 멋진 고백은 처음이야."

그녀의 머리를 쓰다듬으며 나도 함께 울었다.

토오코는 언젠가 분명 나를 떠나겠지. 나는 그녀가 바라는 가정을 꾸려 줄 수 없으니까. 이 나라의 법으로는 미혼 여성이 인공수정을 하지도 못할 테고, 우리 같은 커플은 아이를 입양하기도 어려울 테니까.

게다가 아무리 생각해 봐도 나는 아이와 함께 살 수 있는 사람이 아니었다. 설령 세상에서 가장 사랑하는 여자의 아이라고 하더라도 그 아이까지 사랑할 수는 없을 것 같았다. 그렇게 시끄러운 원숭이 같은 생명체가 빨빨거리고 있으면 차분하게 피아노를 연주하기란 불가능에 가깝다. 토오코의 가슴과 토오코의 애정을 제멋대로 빼앗아 가는 것도 싫었다. 무언가를 귀여워하고 싶다면 고양이를 키우면 된다. 고양이는 밤에 울어 대지도 않고 손도 많이 가지 않는다. 학비도 들지 않을뿐더러 반항기도 없다. 그리고 뭐니 뭐니 해도 인간의 아이보다는 훨씬 마음이 잘 통한다.

그래서 우리는 항상 상실의 공포에 떨며 몸을 섞었다. 며칠 동안 전화가 걸려 오지 않는 날이 계속되면 이걸로 끝인가 생각하거나, 이대로 자연 소멸했으면 좋겠다고 되뇌곤 했다. 언젠가 지방 공연이 겹쳐 3주 만에 도쿄에 돌아왔을 때, 서로 엇갈려 이번에는 토오코가 해외 취재로 2주간 집을 비웠던 적이 있다. 그 5주는 5년과도 같았다. 간절하게 편지를 기다리면서도, 언젠가 다가올 이별의 예행연습이라며 그녀의 부재에 익숙해지기 위해 노력하는 내가 있었다. 함께 있는 시간은 의심할 여지 없이 행복했지만, 우리는 살얼음판 위에서 춤을 추고 있는 것과 마찬가지였다.

얼음이 깨지고, 토오코는 떠나가고, 나 홀로 물속으로 가라앉는다.

우리의 시간은 겨우 일 년이 전부였다.

벚꽃이 흐드러지는 시절에 만나, 아네모네가 만개한

계절에 헤어졌다.

토오코는 안녕이라고는 말하지 않았다.

그저, 미안하다는 한마디를 남겼을 뿐이다.

3

토오코와 다시 만난 건 이듬해 2월, 마이하마 쉐라톤 호텔[†]에서 밸런타인데이 전야제로 사랑의 메들리를 연주하던 밤이었다. 어디서 어떻게 알았는지 토오코는 태어난 지 얼마 되지 않은 젖먹이 아이를 안고 나의 연주를 들으러 왔다. 연주 도중, 장소와는 어울리지 않는 모자(母子)가 시야에 들어왔지만 모르는 척해야만 했다. 그래도 비싼 디너 가격을 지불하고 감미로운 영화음악이나 듣고 있는 그녀가 안쓰러워, 나는 토오코만을 위해 가슴 저리는 리스트의 곡을 몰래 하나 끼워 넣었다. 그것은 근 1, 2년만에 나온, 스스로 생각해도 넋을 잃을 만큼 훌륭한 연주였건만, 왜 그런 호의를 베풀어 버렸는지 금방 자기혐오

† 일본 지바현에 위치한 도쿄 디즈니 리조트의 공식 호텔.

에 빠졌다.

"네가 여기 왜 있어?"

프로그램을 마치고 대기실에 있는 나를 찾아온 토오코에게, 나는 일부러 쌀쌀맞은 어투로 말했다. 2년 만에 보는 토오코는 자신감과 빛나는 에너지가 넘쳐흘렀고 탄탄한 몸매에 피부의 윤기까지 한층 더해져 정신이 아찔해질 만큼 아름다웠기에, 나는 그리움보다도 알 수 없는 슬픔이 앞섰다.

"너야말로 왜 이런 곳에서 연주하고 있는 건데?"

"의뢰를 받으면 어디서든 연주해. 일이니까."

"디너 BGM으로 헨리 맨시니†나 니노 로타‡를 연주하는 게?"

"헨리 맨시니도 니노 로타도 훌륭한 작곡가야."

이건 진심이다. 아무한테도 말하지 않았지만 나는 니노 로타를 연주하다가 눈물을 흘린 적이 있다. 가장 훌륭한 것은 엔니오 모리코네로, 〈원스 어폰 어 타임 인 아메리카〉에 나오는 몇몇 곡들은 항상 나의 한숨을 세피아색

---

† 미국 영화음악계의 대가로 평가받는 작곡가. 영화 〈티파니에서 아침을〉의 〈MOON RIVER〉로 유명하다.

‡ 이탈리아의 작곡가. 영화 〈로미오와 줄리엣〉, 〈대부〉의 음악을 맡았다.

으로 물들인다.

"우선, 이시카리 쿄코라는 이름조차 팸플릿에 안 실려 있잖아."

"실려 있어. 요리라는 글자가 너무 커서 눈에 안 띌 뿐이지."

"도대체 무슨 일이 있었던 거야? 어떻게 된 거냐고."

"그건 내가 할 말이지. 아무 말 없이 사라지더니 갑자기 애 엄마가 돼서 나타나고. 대체 무슨 생각인데?"

말다툼을 시작한 순간, 아기가 칭얼거리기 시작했다.

"잠깐만. 모유 줄 시간이야."

토오코는 망설임도 없이 가슴을 드러내고 아기에게 유두를 물렸다. 그것을 보는 것만으로도 하반신이 녹아내릴 것만 같았다. 벌써 꽤 오랜 시간 여자의 가슴을 탐하지 않았다. 내가 남자라면 금방 발기했을 것이다. 저건 내 것이었다.

"아이, 참. 그런 눈으로 보지 마."

"아, 미안. 아저씨 같았어?"

"수유를 하면 안 그래도 느끼는데, 그런 눈으로 보면 갈 것 같단 말이야."

나는 다른 생각을 하려고 아기를 쳐다봤다. 내 것을 당연하다는 듯이 빼앗은, 불손한 원숭이로밖에 보이지 않았다.

"키리토라고 해. 똑 닮았지?"

"그래 봤자 아빠 얼굴을 몰라서 말이야. 비교할 수가 없네."

보면 볼수록 귀엽다는 느낌은 조금도 들지 않고, 마음만 불편해질 뿐이었다. 라파엘로의 성모자상이 아름다운 이유는 서양 꼬맹이기 때문일지도 모른다.

수유 중인 토오코는 황홀한 듯 보였다. 내가 잘 알고 있는, 황홀경에 빠지기 직전의 표정을 어렴풋이 지으며 내가 알지 못하는 감정의 파도에 흔들리고 있다. 그 모습은 숨 막힐 정도의 질투심으로 나를 무너뜨리기에 충분했다. 나는 얼굴 모를 남자의 그림자에 괴로웠다. 내게서 그녀의 가슴을 빼앗은 또 한 명의 남자에 대해 반드시 물어야만 한다.

"오늘 밤은 여기서 자고 가지 않을래? 방 잡고 올게."

아기가 배를 채우고 잠이 들자, 멀리서 환하게 불을 밝힌 신데렐라 성을 바라보며 토오코가 물었다.

"가리가 함께라면."

잠긴 목소리로 토오코가 덧붙였다.

"키리토가 어떻게 태어난 건지 말해 줄래?"

룸서비스 와인으로 오믈렛과 샌드위치를 삼키며 더이상 피할 수 없는 본론으로 들어갔다. 최대한 나긋나긋한 목소리로 운을 뗐지만, 긴장해서 몸을 떨고 있었는지도 모른다. 돌아오는 첫마디는 너무나도 의외의 전개로 이어졌다.

"파리에서 게이 피아니스트랑 잤어."

"뭐?"

"정확하게는 '피아니스트였던'이라고 해야 하려나."

"왜 또 파리야?"

"여성잡지 일로 파리 컬렉션 취재를 하러 갔는데, 패션계 사람 중에 이쪽이 많잖아? 뒤풀이로 마레 지구[†]에 데려가 줬어."

그리움에 마음이 아려 왔다. 마레 지구. 매일 밤이면 밤마다 여자를 찾아 헤매던 남부끄러운 거리. 분홍색 네온사인. 레인보우 플래그. 여자를 보는 눈을 키워 주고, 능숙하게 손가락을 쓰도록 단련해 준 거리이기도 했다.

"피아노 바에서 그저 그런 재즈를 연주하던 일본인이 있었는데, 그게 그 남자였어. 유학생치고는 살짝 나이가

† 파리에 있는 성소수자 문화의 중심지로, 퀴어 바와 클럽 등이 밀집해 있다.

있어 보였는데, 파리에서 어떤 덫에 걸려 버린 탓인지 일본으로는 영원히 돌아가지 못할 것 같았어."

그런 유학생은 백 명 정도는 본 것 같다. 파리는 예술가를 꾀어 내 부드럽게 안아 주는 척을 하다가 어느 날 갑자기 내팽개쳐 버린다. 성공한 예술가만이 파리와 서로 사랑하며 살아갈 수 있다. 뉴욕이라면 패배자를 가차 없이 배제해 버리지만, 파리에는 패배자도 기댈 수 있는 포근한 어둠이 존재하는 것 같다. 죽을 때까지 허우적거리게 하는 마력이 그 돌길에는 존재하는 듯하다. 뉴욕의 길바닥에서 칼에 찔려 죽는 것보다는 파리의 부랑인으로 죽는 편이 낫다.

"꽤 능숙한 연주였지만, 손이 말이야……. 아무리 봐도 피아니스트의 손이 아니었어. 작고 땅딸막한 데다가 아토피로 너덜너덜 엉망이 돼 있었어. 전혀 잘생기지는 않았는데 남자들한테 무척 인기가 많았지. 다정하고 성실한 성격이었어.

묘하게 죽이 잘 맞아서, 다음 날도 그다음 날도 파리에 있는 동안은 매일 밤 그 바에 갔어. 그 사람은 남자를 너무 좋아한다는 티가 났지만, 나같이 여자 같지 않은 여자는 괜찮은 건지, 앞뒤 가리지 않고 꼬시더라고. 늘 술에 취해서는, 늘 누군가를 유혹하면서 틈틈이 피아노를 쳤어. 그렇게 가벼우면서도 그토록 기품 있는 남자는 본 적이 없어.

그 남자는 이제 일본에는 돌아가지 않을 거라고 했어. 프랑스인의 바닥 없는 늪 같은 퇴폐스러움이 성미에 맞는다나. 꿈도 야망도 없고 연금도 필요 없고, 내일 죽어도 괜찮다고. 그렇게 하루하루 사는 거야말로 인생이라고. 이 불안과 고독만이 살아 있는 증거라고. 매일 아침 갓 구운 크루아상을 사러 빵집에 가는 게 그의 최고 행복이었지. 그 빵과 카페오레로 아침만 먹을 수 있다면 그 후에는 제대로 먹지 못해도 만족스러운 하루가 된다고 했어.

절대 좋아한 건 아니야. 아마 나한테는 게이 피아니스트라는 점이 중요했던 것 같아.

딱 좋은 타이밍에 배란기가 되었어. 임신할 확률이 가장 높은 배란일을 골라서 그를 찾아갔어. 거의 강간에 가까울 정도의 섹스였지. 내가, 그를 말이야. 왜냐하면 그때 그 남자는 인사불성이 되도록 심하게 취해 있어서 거의 반은 잠들어 있는 수준이었거든. 마지막 순간 그 사람은 어떤 남자의 이름을 부르는 것 같았어. 나는 가리의 이름을 불렀고.

그렇게 한 번. 딱 한 번 만에 나는 임신을 했어.

아마 그 사람은 자신의 아이가 세상에 존재한다는 사

실조차 모를 거야. 알릴 생각도 없고. 나라는 사람이 있었다는 것도 벌써 잊어버렸을걸."

토오코가 담담하게 들려주는 이야기에 나는 맞장구도 치지 않고 조용히 귀를 기울였다. 그 남자와는 그걸로 끝이 난 듯했고, 나는 아무 말 없이 토오코를 안아 주며 눈물을 흘렸다.

"나는 가리를 한순간도 잊을 수 없었어."

"나도 그래. 잊은 적 없어."

"이 애가 크면 다 이야기해 줄 거야. 왜 아빠가 없는지. 엄마가 진짜로 사랑한 사람이 누구인지."

"혼자서 키울 생각이야?"

"물론이지."

"일은 어쩌려고?"

"키리토가 세 살이 될 때까지의 생활비는 이미 모아 놨어. 아마도 나는 싱글맘이 될 거라고 예상했었으니까. 세 살이 되면 어린이집에 맡기고 일을 할 생각인데, 그때까지는 키리토한테만 전념하고 싶어."

나는 다시 한번 토오코의 강한 의지와 착실하고 한결같은 삶의 방식에 깊은 감명을 받았다. 그것들은 나에게는 없는 것이었다. 내가 계속 추락하는 동안 토오코는 차근차근 자신이 원하는 것을 손에 넣어 내 곁으로 돌아와 주었다.

아니, 그건 아직 모르는 일이다. 나는 또다시 토오코를 잃을 자신이 없어서 결정적인 질문을 할 수가 없다.

"이번에는 가리가 질문에 대답할 차례야. 왜 이런 일을 하고 있어?"

"돈 때문에. 연주회만으로는 먹고살 수가 없으니까."

나는 뻔히 보이는 거짓말을 했다.

"후원자는 어쩌고? 우메 여사랑 헤어진 거야?"

"이제 그 사람한테는 돈을 받지 않아."

"언제부터?"

"데뷔 독주회를 하고 나서부터. 제 몫을 하는 어엿한 음악가한테는 지원해 주지 않는다는 게 그 사람의 철칙이라서. 이제는 내가 가끔 용돈을 드리고 있어. 얼마 안 되는 돈이지만 기쁘게 받아 주시고."

"불황이라 연주회가 줄었어? 예전에는 이곳저곳에서 자주 연주했잖아."

"불황 때문이 아니야. 내 실력이 떨어진 거지."

"방금 친 리스트는 훌륭했는데."

"남들은 잘 몰라."

자기 귀는 속일 수가 없다. 트릴의 속도가 떨어졌다. 오묘한 피아니시모를 제대로 연주할 수가 없다. 내 귀는 내 손가락을 용서할 수가 없다.

"나는 문외한이라 잘 모르지만……. 피아노 테크닉이란 게 어느 날 갑자기 그렇게 현저히 떨어지기도 하는 거야?"

"연습을 안 하면 떨어지지."

"연습을 못 할 사정이라도 있었어?"

역시 토오코에게는 거짓말이 통하지 않는다고 느꼈다. 진실을 말해야 하나, 나는 아직도 망설이고 있다. 그럴싸한 거짓말이라면 얼마든지 할 수 있을 것이다. 예를 들면, '네가 떠난 후 알코올중독에 빠져 손가락이 떨려 더 이상 연주할 수 없다'라든가, 아니면 '오토바이 사고를 내서 꽤 오랜 기간 입원해 있었다'라든가, '손에 종양이 생겼다', '키우는 고양이에게 물렸다', 뭐든 상관없다.

"오토바이를 타다가 굴렀어. 왼손 새끼손가락을 다쳐서, 크게는 아니고, 정말 약간이지만 후유증이 있어."

결국 이 거짓말을 택하기로 했다. 아무렴, 도저히 진실은 말할 수 없다.

"심각한 사고도 아니야. 그냥 내가 받아들이지 못할 연주는 하고 싶지 않아서야."

"스스로 그만둔 거야?"

"연주의 차이를 알아차리는 사람은 거의 없었지만, 이

건 양심의 문제거든."

"너답네."

그렇게 말하며 토오코는 웃는 건지 우는 건지 잘 모르겠는 얼굴을 했다. 무언가가 지나가기를 꾹 참더니, 이내 크게 한숨을 토해 냈다.

"그 사고가 언제였는데?"

"너랑 헤어진 직후였나."

"뭐 하나만 물어봐도 돼? 그 사고, 나 때문에 난 거야?"

"아니야. 전방 부주의로 균형을 잃었어."

"눈물 때문에, 헬멧에 습기가 차서 앞이 잘 안 보였던 건 아니고?"

"고양이가 갑자기 뛰어나왔어. 피하려다가 넘어졌고."

나는 토오코의 불안을 지워 주려 입에서 나오는 대로 지껄여 댔다. 뜨겁고 촉촉한 무언가가 나의 입술을 틀어 막았고, 부드러운 가슴 골짜기로 고독한 나의 손이 이끌려 갔다. 그 체온으로 상처를 치유해 주려는 듯이.

"부탁이야. 안아 줘. 예전처럼."

나는 쭈뼛쭈뼛 손을 뻗어 아이가 깨지 않도록, 파리의 망령을 깨우지 않도록, 조심스레 토오코를 안았다. 가운뎃손가락을 삽입한 순간, 믿을 수 없는 일이 벌어졌다. 갑자기 두 유두에서 샤워기처럼 기세 좋게 젖이 뿜어져 나온 것이다.

"아, 부끄러워."

"이거 마셔도 돼? 토오코의 우유, 내가 마셔도 돼?"

"응, 물론이지."

나는 정신없이 그것을 빨아들였다. 어떠한 맛과도 닮지 않은, 농밀하고 따스한 것이 입안에서 퍼져 나간다. 가운뎃손가락을 움직이는 동안, 젖은 끊임없이 넘쳐흘렀다. 온 얼굴이 흠뻑 젖었고 눈에도 코에도 하얀 꿀이 흘러내렸다. 분유를 먹고 자란 내게 그것은 생애 처음 맛보는 모유였다. 사람의 젖을 마시며, 나는 비로소 조금 더 사람다워진 것 같다는 느낌이 들었다.

다음 날 아침 마이하마 쉐라톤 호텔 객실에서 눈을 뜨자 토오코와 아기가 보이지 않았다. 나는 꿈을 꾼 것만 같았다. 토오코가 숨김없이 털어놔 준 이야기도, 옆에서 잠들어 있던 작은 생명도, 우유 샤워도, 침대에서의 달콤한 속삭임도, 죄다 꿈인 게 틀림없다. 그런 일이 진짜 일어날 리가 없다. 토오코가 내 곁으로 돌아오는 꿈 같은 일이 내 인생에서 일어날 리가 없다. 만약 그게 진짜로 있었던 일이라면 나는 기뻐서 정신을 놓아 버릴 것이다. 나는 그런 행복은 참을 수가 없다. 차라리 꿈이길 바란다.

나는 뒤척이며 베개에 얼굴을 묻었다. 내 것이 아닌 짧은 머리카락과 음모라고 명확히 알 수 있는 오그라진 털이 몇 가닥인가 떨어져 있다. 베개는 축축했고 젖비린 내가 풍긴다. 테이블 위에는 와인 잔이 두 개 놓여 있고 쓰레기통에는 동그랗게 뭉친 종이 기저귀가 버려져 있다. 꿈이 아니었다. 나는 전화기 옆에 놓인 메모를 발견했다.

가리, 좋은 아침! 이왕 온 김에 키리토를 디즈니랜드에 데려가려고. 11시에 카리브의 해적 근처에 있을게. 올 수 있으면 와♥

나는 느긋하게 샤워를 하고 조식을 먹으며, 가야 할지 말아야 할지 고민했다. 만약 간다면 앞으로 그녀의 육아에 질질 끌려다닐 것만 같았다. 그녀를 안는 건 더없이 기쁘지만, 아기를 안는 건 딱 질색이다. 그녀의 옷을 벗기는 건 환영이지만 아기 기저귀를 가는 건 사양하고 싶다.

결국 나는 디즈니랜드에는 가지 않고 오토바이를 타고 도쿄로 돌아왔다.

그 후 토오코로부터 이따금 전화가 걸려 왔다.

나는 한 달에 한 번, 두 달에 한 번꼴로 토오코를 만나러 갔다. 씩씩하게 엄마라는 일에 전념하는 토오코는 지금껏 본 그 어떤 모습보다도 아름답게 빛나고 있었다. 그녀는 어머니가 되기 위해 태어난 여자라는 사실을 다시금 깨달았다.

　"모유가 너무 많이 나와서 큰일이야. 자기 전에 짜 놓지 않으면 시트가 젖어 버린다니까."

　그런 토오코를 위해 나는 늘 기꺼이 그녀의 젖을 받아 먹었다. 그래도 섹스를 할 때면 매번 얼굴에 모유를 뒤집어쓰기 일쑤였다. 키리토와 함께 가슴을 한 쪽씩 나눠 가지고 있노라면 토오코가 둘의 머리를 쓰다듬으며 자장가를 불러 주었다.

　"착한 아이, 착한 아이. 둘 다 내 착한 아이들."

　셋이 내 천(川) 자 모양으로 나란히 누워 낮잠을 자기도 했다.

　"이렇게 있으니까 어쩐지 가족 같아."

　"내가 아빠야?"

　"아니, 엄마가 둘."

　"그런 환경에서 자란 아이는 어떤 어른이 되는 걸까?"

　"게이 피아니스트가 될지도 모르지."

　토오코는 분명 그렇게 되기를 바라고 있었다. 내가 이

모자 가정에 들어감으로써 그녀가 그리는 이상적인 가족이 완성된다. 그러면 두 번 다시 토오코를 잃을 일은 없을 것이다. 나는 그 또한 잘 알고 있었다.

하지만 나는 그런 종류의 행복을 본능적으로 회피하는 부류의 인간이었다. 나는 시간이 지나도 아기라는 생명체에 익숙해지지 않았고, 안는 것도 업는 것도 지금까지 해 본 적이 없다. 기저귀를 갈아 본 적도 없다. 잠깐이라도 키리토와 단둘이 있게 되면 금세 패닉 상태에 빠졌다. 어떻게 다뤄야 할지 몰라 쩔쩔매기 일쑤다.

"여기 봐. 키리토가 가리를 보고 웃네. 가리도 좀 웃어 줘."

그런 말을 들을 때마다 어색해서 곧장 고개를 돌려 버린다.

"그렇게나 감정 표현이 풍부한 피아노를 치는 사람이 왜 아기한테는 웃지를 못하는 걸까?"

"피아노에는 감정이입이 되지만 아기한테는 안 돼."

"애 좀처럼 웃지 않는 아이란 말이야. 분명 네가 좋아서 웃는 거야."

"좋아서가 아니라 우스워서 웃는 거 아냐?"

"한 번쯤은 안아 주지."

"부서뜨릴 것 같아서 무서워."

"키리토를 만져 줘. 키리토한테 말을 걸어 줘. 키리토한테 웃어 줘! 제발!"

토오코가 히스테릭하게 소리치면 나는 어찌할 바를 몰라 방을 나와 버리곤 했다. 토오코를 사랑한다는 것은 곧 아이를 받아들인다는 것이었다. 토오코와 살아간다는 것은 그 아이와도 살아간다는 것이었다. 토오코와 나의 둘뿐인 세상은 이제 존재하지 않는다. 가슴도 절반, 사랑도 절반밖에는 허락되지 않는다. 아이는 평생을 따라다니며 내가 세상에서 가장 사랑하는 여자의 애정을 독차지할 것이다.

"바보. 키리토한테 질투하는 거야?"

"아들과 엄마 사이는 뭔가 묘해. 너희를 보고 있으면 도저히 둘 사이에 끼어들 수 없을 것 같아."

"아이는 언젠가 떠나게 마련이야. 하지만 가리와는 평생 같이 있고 싶어."

싸움을 하든 서먹서먹해지든, 결국 그 말에 이끌려 나는 토오코의 품으로 되돌아갔다. 얼마간 떨어져 있으면 키리토는 부쩍 자라 있었다. 열흘이면 열흘만큼, 두 달이면 두 달만큼, 착실하게 성장해 있었다.

그렇게 사귀는 것도, 헤어진 것도 아닌 채로 2년이 흘렀다.

키리토는 한부모 가정의 그늘이 조금도 느껴지지 않는, 사랑을 듬뿍 받고 자란 두 살배기 아이가 되었다.

그 전화가 걸려 왔을 때, 나는 바흐의 〈샤콘〉을 다섯 시간이 넘도록 쉬지 않고 연주하던 중이었다. 일이 없는 날이면 오전부터 시작해 해가 질 때까지, 정신을 차려 보면 끼니도 거른 채 이 곡에 사로잡혀 있는 날이 근래 자주 있었다. 그것은 나에게 찾아온 '데모니슈[†] D'의 계절이었다.

D단조(라단조)로 쓰인 바흐의 작품은 '데모니슈 D'라고 불릴 정도로 악마적인 색채를 띠고 있다. 연주하고 있으면 다른 세계로 빨려 들어가 끝없이 추락하는 듯한 감각에 사로잡힌다. 나는 어떤 이유에서인지, 발표할 기회도 없는 바흐의 D단조 곡에만 매달리게 되는 시기가 있는데, 연습해야 할 다른 곡들이 쌓여 있는데도 도저히 멈

[†] 데모니슈(DÄMONISCH)는 독일어로 '악마적인', '거부할 수 없는 힘에 홀린'이라는 뜻. 괴테가 정립한 미학적 개념으로, 인간의 이성이나 의지로 통제할 수 없는 초자연적이고 운명적인 힘을 일컫는다. 클래식 음악계에서는 주로 바흐나 베토벤의 어둡고 강렬한 악곡이 지닌 마력적인 특성을 설명할 때 쓰인다.

출 수가 없는 것이다.

　파리 유학 시절의 은사님인 샤란스키 선생님이 돌아가시기 전에도 그랬다. 선생님은 러시아인이면서 프랑스인처럼 몸집이 작았고, 어떤 프랑스인보다도 멋지게 드뷔시를 연주하는 노인이었다. 연주회를 위해 일본에 오셨을 때 내가 다니던 대학에서 공개 레슨이 열렸는데, 그때 깊은 감동을 받은 나는 선생님께 음악을 배우기 위해 파리 유학길에 올랐다.

　"와인과 치즈만 해도 수백 종류가 넘는 나라의 음악을 하려면, 모름지기 그 두 가지부터 통달해야 한단다, 쿄코."

　선생님의 가르침을 좇아 나는 먼저 와인에 빠져들었다. 선생님은 자신의 연주 여행에 종종 나도 동행할 수 있도록 허락해 주셨는데, 그것은 고스란히 프랑스 각지의 와인을 섭렵하는 여행이 되었다. 보르도, 부르고뉴, 샹파뉴, 알자스, 론, 프로방스. 이 유명 원산지들은 말할 것도 없고 이름 모를 작은 시골 마을까지 와인을 찾아 프랑스 전역을 거닐었다. 나를 와인 없이는 살 수 없는 몸으로 만든 사람이 바로 샤란스키 선생님이었다.

선생님은 파리의 미카와야라 할 수 있는 니콜라스[†]에서 와인을 사서 가게에서 나오는 순간 버스에 치여 돌아가셨다. 그때 선생님이 안고 있던 세 병의 레드 와인과 선생님의 장기에서 흘러나온 엄청난 양의 피가 도로 위를 검붉게 물들였고, 그 작은 노인의 몸 어디에 이토록 많은 혈액이 차 있었는지 길을 걷던 사람들은 경악스러운 눈빛으로 그 광경을 바라보았다고 한다. 그날부터 나는 레드 와인을 마실 수 없게 되었다. 지금도 쌉싸름한 화이트 와인밖에 마시지 못한다.

할머니가 돌아가셨을 때도, 사랑하는 고양이가 죽었을 때도, 우메 여사가 입원했을 때도 그랬다. 바흐의 '데모니슈 D'가 어떤 전조처럼 나에게 씌는 것이다. 아니, 어쩌면 내가 연주하는 악마의 소리가 주위에 불행을 부르는 걸까.

우메 여사가 위와 간이 만신창이가 된 상태로 병원에 입원한 것은 반년쯤 전의 일이었다. 우메 여사에게는 돌봐 줄 가족이 없기 때문에 가능하면 2주에 한 번씩은 병

[†]   프랑스의 대표적인 와인 전문 체인점. 일본의 유명 슈퍼마켓 체인인 '미카와야'에 비유하고 있다.

문안을 가고 있지만, 그녀는 수척해진 모습을 보이고 싶지 않다며 질색하곤 한다. 심지어 병실에 들어오지 못하게 하기도 했다. 나는 그 심정을 아플 만큼 잘 알기에 꽃이나 CD, 책 같은 물건들만 두고 돌아오고는 한다. 내가 '골드 핑거'를 잃게 된 그 사건 이후부터 우메 여사는 나와 대화를 나누려 하지 않는다. 내 눈을 제대로 쳐다보지도 않는다.

경제적으로 더 나빠질 수도 없을 지경까지 간 우메 여사는 초라하기 그지없는 어느 병원의 어둑어둑한 4인 병실에서 지내고 있었다. 하루 종일 볕 한 줌 들지 않는, 죽음의 냄새가 숙명처럼 배어 있는 듯한 곳이었다. 그곳에서 잠들어 있는 우메 여사는 60대에 접어든 부인이 아니라 여든도 훨씬 넘은 노파처럼 보였다. 그래도 진통제가 듣고 있는 동안은 젊은 간호사에게 쓸데없는 말참견도 하고 좋아하는 호로비츠나 클리블랜드를 듣기도 하는 듯했지만, 같은 병실 환자들의 불길한 기침 소리를 들으며 진땀을 흘리고 있는 경우가 대부분이었다. 의사는 말 그대로 돌팔이라 전혀 미덥지 못했고, 간호사들은 주사조차 서툴게 놓는 데다가, 시설은 더럽고 식사는 늘 차갑게 식어 있었다. 게다가 바로 옆 건물의 재건축 공사가 시작되어 아침부터 밤까지 소음이 그칠 틈이 없었다.

"더 좋은 병원으로 옮기자, 우메 여사."

"여기가 좋아. 여기가 내게 어울린다."

아무리 권유해도 소용이 없었다.

"앞으로 반년을 넘길까 말까라고 하더군."

"뭐? 의사가 그랬어?"

"그래. 내 목숨에 관한 일이니까. 살짝 협박했더니 모조리 불더구나."

"그 자식, 돌팔이니까 믿을 필요 없어. 우메 여사는 언제나 밑바닥에서도 잘 빠져나왔잖아. 아카사카로 다시 돌아가서 한 번 더 꽃을 피울 거야."

"이제 오지 마라. 이걸로 우리 인연은 끝이야."

"싫어. 안 끊어질걸. 우린 악연이잖아."

"나는 너한테서 손가락을 빼앗았어. 평생 증오하고 원망하면 돼."

"당신 탓이 아니야."

그날, 우메 여사가 야쿠자들에게 습격당하던 그 순간, 마침 함께 있었던 내가 감싸 주지 않았더라면 그녀는 치명상을 입었을 것이다. 그녀의 목숨을 구하기 위해 아주 조금 피를 흘렸을 뿐이다. 그런 이유로 왼손 새끼손가락에 되돌릴 수 없는 상처가 남게 되었더라도, 우메 여사가 아이스픽에 심장을 찔리는 것보다는 나았다. 분명 나의 인생은 바뀌었지만, 그녀의 인생이 끝나 버리는 것보다는 나았다. 나는 지금도 그렇게 생각하고 있다. 단 한 순간이라도 우메 여사를 원망한 적은 없다.

하지만 우메 여사는 오이디푸스 왕처럼 끝없는 비탄에 빠져 괴로워했다. 반미치광이가 되어 불기둥처럼 뜨겁게 몸을 뒤틀며 괴로워했다. 괴로워하는 그 모습을 보고 있으면 나는 물처럼 조용히 침잠할 수밖에 없었다. 담담하게 후유증을 받아들이고 자진하여 무대에서 내려왔다.

그래. 그때도, 그 사건이 터지기 며칠 전에도 나는 바흐의 '데모니슈 D'에 씌어 있지 않았던가.

그래서 그 전화가 울렸을 때 나는 반사적으로 우메 여사를 떠올렸다. 입원 중인 우메 여사에게 무슨 일이 생긴 게 분명하다고. 시각은 밤 11시를 넘기고 있었다. 그렇게 늦은 시간에 전화를 걸어 올 사람이 내게는 없었다. 집으로 걸려 올 전화라고는 일 관계자이거나, 토오코이거나, 아니면 병원뿐이었다. 토오코는 이미 잠들어 있을 시간이겠지.

"네, 이시카리입니다."

수화기 너머에서, 혼선된 듯 지지직거리는, 귀에 거슬리는 소리가 난다. 잡음이 너무 심해, 순간 먼 외국에서 걸려 온 전화인 줄 알았다.

"여보세요……. 토오코?"

뭐라고 하는지 알아들을 수가 없다. 하지만 그것은 분명 토오코의 목소리였다. 토오코가 아득히 먼 곳에서 무언가를 절실히 말하고 있다는 것만 알 수 있었다. 언제 외국에 간 거지? 키리토는 어쩌고? 그렇게 생각하며 온 신경을 곤두세워 귀를 기울여 보았지만, 말의 꼬리조차 붙잡을 수가 없었다.

"토오코, 안 들려. 더 확실히, 큰 소리로 말해 줘."

전화선 너머에서는 한결같이 무언가를 호소하는 듯한 목소리만이 절실하게 들려온다. 도움을 청하고 있는 듯한, 숨 가쁘게 촉박한, 도저히 그냥 지나칠 수 없는 기색이다.

심한 지직거림 한가운데서 겨우 한 단어가 나의 귀로 날아들었다. 키리토. 그렇다. 분명히 그렇게 말했다. 키. 리. 토.

"키리토……? 뭐야, 키리토가 어쨌다고?"

심장 박동이 빨라지던 순간 전화가 끊겼다. 갑자기, 숨이 멎어 버리듯 전화가 끊겼다. 너무나 불길한 예감이 들었다. 몸 전체 신경의 선들을 예리한 핀셋으로 집어 올려 잡아 뜯어 내는 듯한, 부자연스럽고 불쾌한 감각이 온몸을 뒤덮었다.

나는 피아노 뚜껑을 덮고 뜨거운 물로 샤워를 하고, 귓가에서 끊임없이 맴도는 바흐의 잔향을 지우기 위해 냉장고에 넣어 둔 싸구려 와인을 석 잔이나 들이켜고는 침대로 파고들었다. 두 번째 전화가 울린 것은 다음 날 아침 7시 반이었다. 일면식도 없는 남자의 목소리가, 이른 아침의 무례함에 대한 사과도 없이 불현듯 내가 가장 사랑하는 여자의 죽음을 알렸다.

4

　전화는 다마가와 경찰서에서 걸려 온 것으로, 토오코
가 어젯밤 운전 중에 사고를 당했다는 사실과 현장에서
즉사했다는 소식, 현재 응급 병원으로 이송되어 있으니
시신의 확인을 부탁한다는 요청이 지극히 사무적으로 전
달되었다.

　어째서인지 그리 놀라지 않고 차분하게 들을 수 있었
다. 수화기를 들기 전부터 각오하고 있었던 것 같다. 어젯
밤의 심상치 않은 전화 때문이다. 이른 아침이었지만 전
화벨이 울리자마자 바로 눈이 번쩍 떠졌다.

　아무 생각도 들지 않고 울음도 나오지 않았다. 나는
화장도 하지 않고 오토바이에 올라탔지만, 몇 번을 시도
해도 엔진이 걸리지 않아 결국 포기하고 택시를 탔다. 아
침 햇살 속에서 출근하고 있는 사람들의 무리를 그저 멍

하니 바라본다. 작은 아이가 눈에 들어오자 키리토는 어쩌고 있을까 하는 생각이 떠올랐다. 사고가 난 차량에 타고 있었을까. 만약 타고 있었다면 키리토도 많이 다치지는 않았을까. 같이 있지 않았다면 그때 키리토는 어디에 있었을까. 지금 어디에서 무얼 하고 있을까.

병원 영안실에서 토오코는 잠든 듯 누워 있었다. 피투성이가 된 하반신을 보지 않았다면, 깊은 잠에 빠져 있는 것처럼 보였을지도 모른다.

토오코는 어젯밤 혼자서 제3 게이힌 국도를 달리고 있었을 것이다. 그녀는 육아에 전념하면서도 한 달에 한 번은 일본군위안부 문제를 다루는 연구회에 참석하기 위해 요코하마까지 나갔다. 연구회 날이면 늘 베이비시터에게 키리토를 맡겼다. 연구회가 끝난 후 회식에 가더라도 반드시 10시까지는 귀가하기로 정해 두었다. 그래서 마음이 급해져 있었을지도 모른다.

다마가와 강을 지나 간파치 도로로 접어든다. 빨간색 스즈키 알토 해치백 차량 옆으로 거대한 덤프트럭이 균형을 잃고 돌진해 온 것은 오후 11시 15분. 토오코의 부드러운 배가 순식간에 찢겨 나간다. 비명을 지를 틈조차 없었을 것이다.

11시 15분은 그 기묘한 전화가 걸려 왔던 시간과 정확히 맞아떨어진다. 전화를 받았을 때 나의 척추가 격렬하게 떨려 왔다. 그것은 단지 '불길한 예감'이라고 치부해 버릴 만한 것이 아니었다. 토오코의 영혼이 육체로부터 떨어져 나가는 순간, 나에게 마지막 인사를 하기 위해 전화를 한 것이다.

"집주인 말에 따르면 가족은 멕시코에 있는 아버지뿐이라더군요."

경찰이 말을 걸어 겨우 정신이 돌아왔다.

"아이가 있어요. 아이는 어떻게 되는 거죠?"

"흐음. 아버지가 맡지 않으면 복지과에서 일을 처리할 겁니다."

"그렇군요."

'고아원'이라는 단어가 머릿속에 떠올랐다. 아니면 멕시코로 가게 되는 걸까. 토오코는 아버지와 연락이 끊긴지 여러 해 되었을 텐데. 키리토가 태어났을 때도 편지를 한 통 보낸 게 다라고 알고 있다. 멕시코인 여성과 재혼한 후 네 명의 자식을 두었고, 지금은 세 명의 손자까지 있다고 한다. 다니던 상사를 그만둔 후로는 아내의 본가에서 하는 농사일을 물려받아 멕시코에 완전히 자리를 잡았고, 그곳에서 뼈를 묻을 작정인 듯했다.

"아버지가 오늘 밤 비행기로 온다고 합니다."

"아이는 지금 어디에 있죠?"

"베이비시터가 봐 주고 있는 모양이에요."

이제 그만 밖으로 나가자는 듯 젊은 경찰관은 나를 재촉했다.

"여기에 조금만 더 있어도 될까요?"

"상관은 없지만 추우실 텐데요."

나는 아무것도 느낄 수 없었다. 추위도 슬픔도 그 어떤 것도. 어쩌면 너무 많은 것을 느끼고 있었을지도 모른다.

혼자가 되자 토오코를 껴안고 입을 맞추었다. 토오코는 이제 숨을 쉬지 않았다. 팔도 죽어 있었다. 가슴도 죽어 있었다. 마시멜로처럼 말랑하던 배는 무참히 찢겨 나갔고, 넓적다리뼈부터 아래쪽은 원형을 알아볼 수조차 없었다. 왜 사람은 이런 일을 당하는 걸까. 이렇게 조심성 많은 사람이 도대체 뭘 했다고. 만개한 벚나무 밑에서, 내가 처음으로 만진 그 발목은 이제 존재하지 않는다. 그때의 그 달빛과 꽃그늘과 모래바람이 갑자기 눈앞에 되살아나, 나는 정신을 잃고 말았다.

그 후는 잘 기억나지 않는다.

경찰관이 데려다줘 집에 도착했다는 것, 의사가 신경안정제와 수면제를 처방해 주었다는 것, 집 안의 와인이

몽땅 비어 있었다는 것, 아득히 잠에 계속 빠져들었다는 것, 계속해서 토오코의 꿈을 꾸었다는 것들뿐. 또렷하게 정신이 들었을 때, 나는 피아노 밑에서 낡은 걸레짝처럼 널브러져 있었다. 토사물이 목 안에서 뒤얽혀 하마터면 질식할 뻔했다. 셔츠는 타액과 위액으로 엉망이 되어 있었다.

나는 반사적으로 손을 바라보았다. 무의식중에 상처를 내지는 않았는지 불안해졌다. 손가락 열 개를 찬찬히 움직여 본다. 뻣뻣하기는 하지만 꺾이거나 접질리지는 않아 보인다. 피아노 앞에 앉아 건반 위로 손을 올린다. 손가락이 제멋대로 움직인다. 아무래도 부서지지는 않은 모양이다.

하루사메가 짜증 섞인 소리를 냈다. 캣푸드를 접시에 담아 주자, 이번엔 홍냐홍냐 기이한 소리를 내며 허겁지겁 먹어 치운다. 나는 대체 며칠 동안이나 넋이 나간 상태로 있었던 걸까.

부재중 전화 메시지 함에는 호텔 매니저가 아무 연락도 없이 일을 빼먹은 내게 보낸 분노의 메시지가 한 통, 마찬가지로 일을 알선해 주는 업자로부터의 메시지가 두 통, 그리고 토오코의 장례식을 알리는 메시지가 몇 통인가 와 있었다. 나는 이틀 동안 의식이 없었던 듯하다. 토오코의 장례식이 곧 시작되려 하고 있었다.

　나는 냉장고에서 차가운 커다란 생수병을 하나 꺼내 냉장고를 집어삼킬 듯한 기세로 한 병을 모두 비웠다. 샤워를 하고 검은색 원피스를 입고 오토바이에 올랐다. 매화가 흐드러지게 피어 있었다. 이제 곧 봄이겠구나, 나는 생각했다.

　참으로 고요하고도 조촐한 장례식이었다. 몇 안 되는 친척과 일 관계자만이 쪼그라든 사과 같은 모습으로, 갑자기 중단되어 버린 토오코의 인생을 조용히 애도하고 있었다. 상주석에 앉아 있는 초로의 남자는 마치 태어날 때부터 멕시코의 농부였던 것처럼 보였다. 태양과 데킬라에 검게 탄 피부를 어색한 상복으로 감싼 그는, 힘겹게 딸의 죽음을 견디고 있다기보다는 오렌지 수확에 대해서만 머리를 굴리고 있는 모습이었다. 그 옆에 앉은 그의 손자, 이번에 처음 보는 그의 손자가 소란스레 엄마를 찾기 시작하자 조문객 모두가 가슴에 구멍이 난 듯 마음 아파했지만, 이 남자는 귀찮다는 듯이 한숨을 쉬며 아이로부터 눈을 돌릴 뿐이다.

　"엄마…… 엄마……."

　참지 못하고 두리번거리던 키리토가 나를 보자 큰 소

리를 내며 손가락을 치켜들었다.

"가리! 가리!"

그러자 모두가 일제히 나를 쳐다본다. 나에게 달려오려는 키리토를 토오코의 아버지가 엄한 소리로 제지한다.

키리토는 울음을 터뜨리고 말았다. 이제야 겨우 낯익은 얼굴을 발견하고는 마음껏 울어도 되겠다고 생각한 모양이다. 키리토가 나에게로 쏜살같이 달려온다. 울고 싶은 건 내 쪽이었다. 나는 아이가 울 때 어떻게 달래야 하는지 알지 못한다. 하지만 여기서 아이를 안아 주지 않았다가는 피도 눈물도 없는 사람이라는 소리를 들어도 할 말이 없다.

나는 팔을 벌려 안아 줄 자세를 취했다. 하지만 키리토는 내 옆을 지나쳐 뒤에 있던 남자의 품으로 뛰어드는 게 아닌가.

"오구, 오구. 엄마는 일 때문에 외출했어. 그렇지만 테루가 있잖아. 엄마는 일 갔으니까 테루랑 놀자."

키리토를 꼬옥 껴안은 남자는 자신도 울먹거리면서 익숙한 손놀림으로 눈 깜짝할 사이에 우는 아이를 달랬다. 영리하고 예민한 키리토는 한번 울기 시작하면 좀처럼 그치지 않는 아이인데, 마치 마술을 보는 것 같다.

"엄마, 일. 엄마, 웅."

열심히 자기 자신을 향해 말하고 있는 듯한 키리토의 모습에 조문객들의 오열은 극에 달했다.

그것이 테루짱과의 첫 만남이었다.

화장장까지 함께한 것은 친척들을 제외하고는 나와 그 청년뿐이었다. 키리토는 우리 둘 말고는 누구와도 손을 잡으려 하지 않았고, 친척들에게는 가까이 가려 하지도 않았다. 이래서는 안 될 텐데, 나는 걱정이 되기 시작했다. 멕시코로 가거나 이 사람들 중 누군가에게 맡겨질 테니, 좀 더 귀엽게 굴면 좋으련만. 하지만 두 살배기 아이가 세상살이의 처세술을 알 리 없었다.

"잘 따르네요."

토오코의 고모로 보이는 여자가 비꼬듯 말했다.

"아니요, 그냥 익숙한 얼굴이라 그러겠죠."

"우리 토오코랑은 어떻게 아는 사이이신지?"

"아, 네. 오래된 친구입니다."

"이쪽분은요?"

"저는 키리토 아빠의 친구예요."

주눅 들기는커녕 천연덕스럽게 대답한 청년은 장소와 어울리지 않는 말을 꺼내 버렸다는 사실을 뒤늦게 깨닫고는 나를 바라보았다. 상황은 순식간에 무거운 공기로 뒤덮였다. 토오코가 미혼모라는 것은 모두가 알고 있는 사실이었지만, 친척들 사이에서 그 이야기는 터부시되어 왔던 것일지도 모른다. 고모는 낯빛을 바꾸며 서둘러 화제를 돌렸다.

"히로는 대학 입시는 잘 돼 가고 있어?"

"이번에도 틀렸어."

"오빠도 참 큰일이야."

"우리 애들은 머리가 나빠. 토오코는 공부도 아주 잘했는데."

토오코의 아버지는 도저히 흘려들을 수 없는 말을 들은 얼굴로 청년을 노려보고 있었다.

"실례합니다만, 성함이 뭐라고 하셨죠?"

"저 말인가요? 이시카리입니다."

"아니, 그쪽 남자분."

"아, 저는 다카하시라고 합니다."

"다카하시 씨, 괜찮으시다면 하나 물어보고 싶은 게 있는데."

그것 보라니까. 누가 좀 말려 줬으면. 이런 곳에서, 재가 되고 있는 토오코 옆에서 그런 이야기는 하지 말아 줬으면. 하지만 큰어머니와 큰아버지, 친척 형제들까지도 다른 이야기를 하는 척하며 모두가 귀를 기울이고 있다.

"무엇인가요?"

"이 아이 아버지에 관해서 우리는 아무것도 들은 게 없어요. 왜 딸의 장례식에 친구인 당신만 오고 본인은 오지 않은 건지, 설명을 좀 듣고 싶네만."

"그 친구는 파리에 있어요."

"나도 멕시코에서 왔소."

"모를 겁니다. 토오코가 죽었다는 사실."

"왜 알리지 않는 거요?"

"연락이 안 되거든요."

변명인지 진실인지 분간이 가지 않는다. 상복을 이렇게 멋지게 소화해 내는 남자를 나는 한 번도 본 적이 없다. 옷을 입는 센스뿐 아니라, 헤어스타일도 말투도 태도도 독특한 미의식으로 채워져 있었다. 그의 내면에서 풍기는 나와 같은 냄새를 나는 바로 맡아 낼 수 있었다. 설명하기는 어렵지만, 이성에게는 페로몬을 발산하지 않는 눈을 보면 알 수가 있다.

"아무튼 알리지 않으면 곤란하네. 이 아이를 책임질 의무가 있으니까 말이네."

아버지의 이 한마디에 자리에 있는 모두가 술렁였다.

"맞아요, 맞아."

여기저기 거드는 목소리가 들리고, 나와 청년은 흠칫

놀란 얼굴로 서로를 바라볼 수밖에 없었다. 설마 아버지가 그런 말을 하리라고는 상상도 하지 못했다.

"우선 그 남자의 이름부터 알려 주게."

"와타리예요. 와타리 마사유키."

"몇 살이나 먹었고?"

"서른여덟, 아니, 아홉이었나."

"하는 일은?"

"피아니스트요."

"유명한가?"

"파리의 마레 지구에서는요. 아니, 아무것도 아닙니다."

"분명 처자식도 있을 테지?"

"그 친구는 결혼 안 했는데요."

"뭐라고?"

그의 허벅지를 꼬집었지만 이미 늦었다. 친척들은 호인의 가면을 벗어 던지고 역공에 들어갔다. 자신들이 악착같이 지키고 있던 세상의 상식, 거기서 벗어난 사람은 피를 나누었다 하더라도, 아니 피를 나누었기에 더더욱 절대 용서할 수 없다는 의지가 흘러넘치고 있었다.

"웃기지 말라고 하게. 불륜도 아닌데 애까지 낳게 하고는 결혼은 못 하겠다니, 대체 무슨 말인가?"

"아이는 토오코가 멋대로 낳은 거고, 결혼할 만한 사이는 아니었던 걸로 알고 있어요."

"멋대로 낳았다고? 그런 사이는 아니었다고? 어이, 너이 자식. 한마디만 더 해 봐."

"그럼 뭔가. 토오코가 강간이라도 당했다는 말인가?"

"말도 안 돼! 여자를 뭐라고 생각하는 거야!"

"그러면 알지도 못하고 있었다는 말인가?"

"그게 사람이 할 짓이야? 그런 짐승만도 못한!"

친척들이 일제히 악을 써 대는 소리를 나는 허망하게 듣고 있었다. 강간을 한 쪽은 남자가 아닌 토오코였다고, 그것이 그녀의 소원이었으며 분명한 의지로 감행한 계획 임신이었다는 사실을 이들에게 말해 주고 싶었다. 하지만 토오코라면 결코 변명 따위는 하지 않았을 것이다. 그녀는 언제 어느 때라도 자기가 한 일에 대해 그 누구에게도 변명하지 않는 사람이었다. 그것이 그녀의 가장 멋진 장점이기도 했다.

"조용히들 하세요. 지금 토오코가 재가 되어 가고 있잖아요."

싸늘하게 말한 후 나는 더 이상 견딜 수가 없어 자리에서 일어났다.

밖으로 나와 피어오르는 연기를 바라본다. 나도 같이

태워 줘. 지금 당장 화장로 안으로 처넣어 줘. 그런 충동
과 싸워 가며 연기가 된 토오코를 바라본다.

그때 팔랑팔랑 뛰어오는 키리토를 데리고 다가오는
그의 모습이 보였다. 그는 화장실로 들어갔다가 잠시 후
나오더니, 깔끔하게 접힌 손수건으로 손을 닦으며 나를
향해 미소를 지었다. 괜찮냐고 묻는 듯한, 포근하게 감싸
주는 듯한, 마음이 놓이는 멋진 미소였다. 하지만 내게는
그런 미소를 지어 줄 여유가 없었다.

"가엾어라. 꼼꼼하게 갈아 주지를 않았네."

"뭐를?"

"기저귀. 목욕도 사흘 전부터는 안 시킨 것 같아."

"사흘 전이면 토오코가 사고를 당한 날이네."

"그날 밤에 부탁받아서 내가 키리토를 봐 줬어. 10시
까지 돌아오겠다고 했거든. 그런데 그걸 마지막으로 영
가 버렸네."

"너, 베이비시터야?"

"본업은 이거."

그렇게 말하며 그는 손가락으로 가위 모양을 만들어
싹둑싹둑 자르는 흉내를 냈다.

"머리가 좀 기네. 자르는 편이 좋을 것 같은데."

"아, 미용사구나."

"가리 씨 맞지? 토오코한테 자주 들었어."

"토오코가? 뭐라고 하던데?"

"애인 자랑이었지 뭐. 자기한테는 평생의 연인이 있다고. 떨어져 있어도 가족이나 다름없다고. 그래서 경찰에게 전화가 왔을 때 제일 먼저 너한테 알리라고 했지."

평생의 연인이라는 말이 나를 무너뜨렸다. 눈물이 날 것 같았지만 얼굴 근육이 조금 움직일 뿐이었다. 감정만은 의연하게 죽음을 견디고 있었다.

그는 자신을 다카하시 테루미츠라고 소개했다. 밝은 빛을 비춘다는 이름의 뜻처럼, 몹시 눈부신 이름이라는 생각이 들었다.

"토오코랑은 파리에서 알게 된 사이야?"

"나는 그즈음 파리의 미용실에서 연수를 했었는데, 마사유키랑 같이 살고 있었어. 토오코가 마사유키랑 자주 어울린다는 건 알고 있었지만, 설마 임신까지 했을 줄이야, 꿈에도 몰랐지. 그러고 반년 정도 지나서 나는 일본으로 돌아왔는데, 배가 부른 토오코와 시부야에서 딱 마주치기 전까지는 토오코에 관한 것도 잊어버리고 있었거든. 오랜만이다, 정말 신기하다, 하면서 같이 차를 마셨어. 그랬더니 토오코가 마사유키의 아이라고 말해 주더라고. 깜짝 놀랐지 뭐야! 진짜 기절할 뻔했어. 여자들이란 정말

87

무섭다니까."

"그래서, 마사유키 씨한테는 알리지 않은 거고?"

"나, 마사유키랑 헤어져서 일본으로 돌아온 거거든. 걔도 파리를 떠나서 남부 지방으로 간다고 했었고. 더 이상 연락할 방법도 없었어."

"지금까지도?"

"응. 연락 두절이야."

우리는 동시에 한숨을 내쉬었다.

"마사유키의 애라고 하니까 내버려 둘 수가 없어서 출산할 때도 옆에 있어 줬거든. 그러니까 키리토에 관한 건 태어나던 순간부터 다 알고 있지."

"그럼 계속 토오코의 손을 잡아 줬다는 사람이 너야?"

"여성이란 정말 경이로워. 토오코는 정말로 대단했어."

"고마워. 그때 토오코 옆에 있어 줘서."

도리에 어긋날지도 모르지만, 나는 고맙다는 말을 하지 않을 수 없었다.

"그래도 질투는 안 났어? 애인이었잖아."

"질투는커녕 감사한 마음이 더 컸어. 내가 아무리 마사유키를 사랑해도 그의 아이를 낳을 수는 없잖아."

"정말 사랑했나 보네."

"완전히 푹 빠져 있었지."

"왜 헤어진 거야?"

"마사유키는 남자 관계가 복잡했거든. 하나하나 질투하고 있으려니 너무 피곤해서 말이야. 그럴 때마다 마음이 닳고 닳아서, 나 자신이 아주 못난 인간이 돼 있더라고."

키리토가 화장장 근처에서 돌멩이를 주우며 놀고 있는 모습이 보였다. 손을 흔들자, 이쪽으로 뛰어와 놀아 달라는 듯이 칭얼거린다.

"키리토는 어떻게 되는 걸까?"

"오늘 밤에 가족회의를 한대. 그런데 아무도 맡고 싶어하지 않는 눈치네."

"그 사람들, 마사유키 씨를 찾아내서 책임을 물을지도 몰라."

"그럴 권리는 없지."

그가 예상 밖의 강한 어조로 말해 나는 약간의 반발심이 들었다.

"그렇지만 애 아빠니까 조금은 책임이 있지 않나?"

"책임이 있을 리가. 말도 없이 멋대로 낳은 거잖아."

"그런 식으로 말하는 건 아니지. 그야 그럴지도 모르지만, 그쪽이 먼저 꼬셨다고 하던데."

"말뿐이야. 마사유키는 여자한테는 정말 말뿐이야. 걔만의 독특한 서비스지. 남자랑은 이 사람 저 사람 가리지 않고 자지만."

"그렇지만 실제로 아이가 생길 만한 행동을 한 건 맞잖아."

"만취해서 남자랑 헷갈린 거야. 그게 아니라면 토오코가 자빠뜨렸겠지."

"어떻게 그런 말을……."

"낳은 사람도 문제는 있다고 생각하는데."

"토오코를 욕하지 마."

"안 했어. 네가 먼저 마사유키를 나쁘게 말하니까 그렇지."

우리는 둘 다 망연자실하며 입을 꾹 다물었다.

해맑게 돌멩이를 늘어놓으며 놀고 있는 키리토를 안타까운 마음으로 바라볼 뿐이었다.

돌아가려던 찰나, 복도 구석에서 토오코의 아버지와 친척 중 누군가가 사고 배상금에 관해 이야기하는 소리가 언뜻 들려왔다. 마치 개구리라도 삼킨 듯한, 너무나 기분 나쁜 예감이 들었다.

"이시카리 씨, 잠깐."

밖으로 나가자 토오코의 아버지가 비굴하게 억지웃

음을 지으며 나를 불러 세웠다.

"토오코의 물건들을 정리해야 하는데, 몇 년 동안이나 얼굴을 보지 않은 딸이라 뭘 어떻게 해야 할지 잘 모르겠네요."

"알겠습니다. 도와드릴게요."

"내일 아침 빌라로 가 있겠습니다. 잘 부탁해요."

가족들은 키리토를 데리고 택시에 나누어 탄 후 돌아갔다. 나는 오토바이의 시동을 걸었다. 그때 테루짱이 다가왔다.

"역까지 좀 태워 줘."

"미안. 거기는 지정석이라."

"영구결번이야?"

"그렇지."

"그래, 바이바이."

테루짱은 어깨를 움츠리며 말하고는 발걸음을 뗐다. 그렇지만 이내 다시 금방 멈춰 섰다.

"근데 머리는 진짜로 자르는 게 좋을 거야. 조만간 가게로 와."

그러고는 꾸역꾸역 명함을 쥐여 주고 사라졌다.

그날 밤도 토오코의 꿈을 꿨다.

나는 퐁텐블로 숲[†]에 있다. 까닭 모를 벚꽃이 흐드러지게 피어 있고, 나는 어느 나무 밑에서 땅을 파고 있다. 바람이 세차게 부는 밤이라 흙을 파내고 또 파내도 위로 꽃잎이 쌓여 좀처럼 깊어지지 않는다. 나는 한눈도 팔지 않고 땀범벅이 될 정도로 끊임없이 땅을 판다. 그러는 사이 내가 파내고 있는 것이 흙인지 꽃잎인지 헷갈릴 지경이 된다.

"왜 그렇게까지 큰 구멍을 파는 거니? 고양이를 묻기에는 이미 충분한데."

누군가가 말한다. 꽃의 정령이나 숲의 정령, 뭐 그런 존재다.

"고양이가 아니야. 애인을 묻는 거야."

땅을 계속 파내자, 땅속에서 하얗고 단단한 무언가가 나타난다. 사람의 뼈다. 파내면 파낼수록 크고 작은 촉루(髑髏)가 수도 없이 발견된다. 뻥 뚫린 눈구멍을 보는 것만으로도 그 해골의 주인이 누구인지 알 수 있다. 샤란스키 선생님의 해골은 어렴풋이 붉은색을 띠고 있고 포도 향이 난다. 고양이 시라타키의 해골은 아주 조그맣고 생선

---

† 프랑스 파리 근교의 유서 깊은 숲. 중세부터 왕족과 귀족들의 사냥터로 사랑받았으며, 경이로운 풍광으로 유명하다.

냄새가 풍긴다. 나는 아직 오래되지 않은, 반들반들한 뼈를 발견한다. 눈구멍에 눈물이 고여 있다. 뼈가 돼서도 아직 울고 있다. 희미하게 아네모네 향기가 난다. 아아, 토오코! 토오코! 나의 연인은 이제 뼈가 되어 버렸다.

그때 땅 깊은 곳에서부터 남실거리듯 바그너가 들려왔다. 〈트리스탄과 이졸데〉의 〈사랑의 죽음〉‡이다. 나는 토오코의 해골을 껴안고 몸을 뒤틀며 운다. 꽃잎과 백골에 묻혀 비단을 찢듯 울부짖는다.

바그너는 점점 백색소음이 되어 사라진다. 지지직거리는, 전화가 혼선된 소리가 나고 중간중간에 도움을 청하는 듯한 토오코의 목소리가 들린다.

고양이가 얼굴을 핥아 눈이 떠졌다.

아무래도 잠든 채로 울고 있었던 모양이다. 몇 센티미터 앞에서 꽃향기가 나고 귓가에는 계속 바그너가 울리고 있었다. 그런데도 나는 놀랄 만큼 차분했다. 꿈과 현실의 경계는 어디에도 없다는 것을, 삶과 죽음은 그저 단순하게 이어져 있을 뿐이라는 것을, 나는 담담히 이해할 수

---

‡　바그너의 오페라 〈트리스탄과 이졸데〉의 마지막 장면에서 여주인공이 죽은 연인 곁에서 부르는 노래.

있었다. 토오코가 없는 이 세상에서 계속 살아가야 할 이유를 나는 어디에서도 찾아낼 수 없었다. 그 사실을, 수식을 풀어내듯 자연스럽게 알 수 있었다.

새벽 5시였다. 스웨터와 청바지를 입고 그 위에 가죽점퍼를 걸치고, 부은 눈을 풀 페이스 헬멧으로 감춘 후나는 오토바이에 올랐다. 토오코의 집 열쇠는 아직 가지고 있다. 오가며 익숙해진 하치만야마의 빌라에 도착하자 해야 할 일들이 분명해졌다. 문 앞에 덩그러니 놓여 있는 세발자전거를 보자, 최대한 빨리 일을 끝내야겠다는 생각이 들었다.

나는 방에 들어가자마자 제일 먼저, 우리가 사랑했던 흔적들을 지우는 작업에 착수했다. 토오코에게 애정이 없는 아버지나 친척들이 발견하여, 토오코가 거북한 소문에 휩싸이지 않도록 하기 위해서다. 더군다나 키리토를 위해서라도 그들이 토오코를 변태 취급하도록 내버려두고 싶지는 않았다. 액자에서 우리 둘의 사진을 빼내고, 앨범에서 내가 찍혀 있는 사진을 모두 골라냈다. 그것들은 무시무시할 정도의 양이라 눈 깜짝할 사이에 두 시간이 흘렀다. 내가 보낸 편지들을 찾아내는 데 또 한 시간이 소요됐다. 다음은 일기를 찾아낼 차례였지만, 토오코가 일기를 썼는지는 알 수 없었다. 방대한 양의 노트와 플로피디스크 속에서 그런 기록을 일일이 찾아내려면 꽤 오랜 시간이 걸릴 터였다. 나는 일기 찾는 것을 포기하고 집 밖으로 나왔다.

"안녕하세요. 굉장히 빨리 오셨네요."

편의점 봉투를 안고 있는 토오코의 아버지가 계단 밑에서 말을 걸었다. 나는 애매한 미소를 지을 수밖에 없었다. 머릿속에 뿌연 안개가 퍼진다.

"아침 식사 전이지요? 샌드위치랑 커피 어떠십니까."

뚜벅뚜벅, 아버지가 계단을 올라왔다.

녹슨 철 손잡이에 봄날의 아침 햇살이 반사된다.

나는 죽을 기회를 놓쳤다.

그날부터 나는 폐인이 되었다.

5

아무런 맛도 나지 않는 샌드위치를 캔 커피로 삼킨다. 토오코의 아버지가 담배에 불을 붙인다. 이렇게 둘이서 그녀의 방에 앉아 있으니 무슨 말을 해야 할지 잘 모르겠다. 토오코를 버리고 멕시코에서 재혼한 아버지와 그녀를 추억하고 싶지는 않았다. 그렇다고 가 본 적도 없는 멕시코 이야기를 들을 기분도 아니다. 나는 이 사람이 도저히 좋아지지 않는다. 그리고 아마 그 또한 같은 생각을 하고 있을 것이다.

"키리토 말입니다만."

두 개비째 담배에 불을 붙이며 그가 겨우 말을 꺼냈다.

"제가 멕시코로 데려가는 게 제일 좋겠지만, 저도 혼자가 아니라서요. 가족이 있어요."

그럼 키리토는 가족이 아니냐는 말이 튀어나올 뻔했

지만, 우선은 꾹 참았다.

"아내가 몸이 약해서 장남이 운영하는 농장일에도 이런저런 문제가 많아요. 게다가 저렇게 어린 애를 갑자기 외국으로 데려간다는 것도 좀 그렇지요."

"손자가 귀엽지 않으세요?"

"손자라고 해도 사생아잖소. 딸이랑도 계속 떨어져 살았고요. 딱히 아무런 감정도 없어요. 매몰차다고 생각할지도 모르지만, 귀엽다는 생각은 안 드네요. 가엾기는 하다만."

"그럼 다른 친척들 댁으로 가게 되나요?"

"첫 아내가 세상을 떠났을 때 토오코를 형님네 집에 맡겼었는데, 이번에는 재수하는 아들이 있어서 여의치 않다고 하더군요. 동생네에는 이제 막 결혼한 신혼부부가 있고, 여동생은 시댁 식구들이랑 같이 살고 있고요. 상황이 아주 안 좋아요."

"그러면 복지과에서 일을 처리할 텐데요."

"응? 지금 뭐라고 했소?"

"보육원으로 보낼 생각이냐는 말입니다."

그는 그 말을 듣고 깜짝 놀란 듯 보였다.

"아니, 설마요. 생각해 보지도 않았습니다."

"그럼 뭘 어쩌실 계획인 건가요?"

"와타리인지 뭔지 하는 남자를 찾아봐야겠지요."

"행방불명이에요."

"어느 나라든 흥신소는 있으니까요."

와타리 마사유키를 찾을 때까지 일단은 큰아버지의 집에서 키리토를 봐 주기로 했다고 한다. 상황을 봐 가며 형제들의 집을 왔다 갔다 하는 임기응변식 대책을 가족 회의에서 결정한 듯했다.

그런 대화를 나누는 동안 친척들이 삼삼오오 모여들기 시작했다. 큰아버지 부부와 그 딸이 한 명, 고모네 부부와 그들의 아들딸이 각각 한 명씩. 그들은 모두 아버지 쪽 식구였으며, 어머니 쪽에서는 조용한 성격의 이모가 한 분 오셨을 뿐이다.

원하는 사람이 원하는 물건을 가져가기로 했는데, 우선 가구나 가전제품 같은 큰 물건들부터 시작되었다. 제일 인기 있는 물건은 매킨토시 컴퓨터로, 이는 집안의 위계에 따라 큰아버지 집에서 가져가기로 했다. 팩스나 비디오, 전자레인지, 포터블 오디오, 오리털 이불 같은 값나가는 물건들은 금방 주인이 나타났다. 고풍스러운 독서대와 마루이 백화점 인테리어관에서 한눈에 반해 충동적으로 산 이탈리아제 서랍장은 여자들이 서로 가져가려고 야단이었다. 그릇 장식장도 옷장도 어찌저찌 주인을 찾

98

아갔지만, 테이블과 의자에는 키리토가 크레파스로 온통 낙서를 해 놓은 탓에 아무도 가져가려 하지 않았다. 이조식 세탁기와 구식 대형 냉장고, 아이를 태울 수 있는 자전거, 아기 침대도 주인을 찾지 못했다. 가져갈 사람이 없는 물건들은 한데 모아 구세군에 기부하기로 했다.

옷, 구두, 가방 등의 차례가 오자 여자들의 쟁탈전이 벌어졌다. 토오코는 보란 듯이 온몸을 명품으로 감싸는 천박한 치장은 하지 않았지만, 고급스러운 물건을 티 나지 않게 살짝 몸에 걸쳤다. 랄프 로렌의 봄 코트, 아네스 베의 정장, 페라가모 구두, 예거 르쿨트르의 시계, 디올 화장품, 로에베 백. 소니아 리키엘의 니트, 아가타 액세서리까지. 오랜 시간 소중히 사용되어 온 물건들에서 주인의 인품을 엿볼 수 있었다. 무인양품의 평범한 흰색 셔츠조차 토오코가 입으면 고급스러워 보였다. 토오코는 항상 '꾸미기'보다 '덜어 내기'에 집중했다. 그것이 그녀의 패션 철학이었고, 나아가 그녀의 인생 철학이 되었다.

"이시카리 씨도 뭐 좀 가져가시지."

"맞아요. 유품을 나누는 거니까요."

내가 크리스마스 선물로 준 귀걸이와 생일 때 파르코 백화점에서 사 준 여름 스웨터가 차례차례 그녀들의 종이 가방 속으로 처박히는 모습을 나는 그저 멍하니 바라보았다.

"전 괜찮아요."

"그러네요. 사이즈가 안 맞겠네."

"토오코는 진짜 좋은 물건만 가지고 있어."

"이 안경, 아르마니 거야. 렌즈만 바꾸면 쓸 수 있겠는걸."

"이 샘소나이트 여행 가방, 내가 가져가도 돼? 색깔도 괜찮고 크기도 적당하고, 안 그래도 딱 이런 게 갖고 싶었거든."

"실크 속옷이네. 버리기는 아까운데."

"아무리 그래도 속옷까지는 좀……."

나는 점점 속이 역해졌다. 가만히 보고 있자니 그 여자들은 파카 만년필과 암웨이 정수기, 레노마의 이불 홑청까지 차지하려고 다투었다.

의류와 잡동사니가 대강 정리되자, 마지막에 남은 것은 책이었다. 책들은 요새처럼 방 벽면을 가득 채우고 있었다. 책은 옷과 마찬가지로 소유자의 인생을 말해 준다. 역시 전문가답게 전쟁 관련 논픽션이 두드러지게 많았고, 그 외에도 아시아의 역사, 미국 의회사, 프랑스 혁명사, 러시아 혁명사, 헌법, 경제학, 영양학, 종교학, 근대문학, 현대문학, 방위백서, 전공투사(全共鬪史)[†], 고전 라쿠고[‡] 대계, 민속학, 최신 의학, 서양 미술사, 환경 문제, 풍수 등 온갖 주제의 책들이 즐비했다. 거기에 더해 요리책, 육아 서적, 가정 의학이나 그림책까지 있었으며, 패션 잡지 『앙앙』의 과월호, 여행 가이드북 『지구를 걷는 방법』 시리즈도 갖추어져 있었다.

새삼스레 그 책들을 바라보고 있자니 눈물이 계속 흘러내렸다. 누군가 손수건을 건네주었다. 야스코라는 이름의 이모님이었다. 유품으로 작은 손거울 하나만 챙긴, 욕심 없고 점잖은 분이었다. 나는 목례하며 손수건을 돌려 드렸다.

"엄마를 닮아서 책을 참 좋아했어요."

야스코 이모님이 말했다.

"너무 책을 많이 읽어도 빨리 가 버리는 걸까요."

"저희 할아버지도 책을 좋아하시지만 장수하고 계세요."

"그럼 읽는 방법이 잘못됐던 걸까요. 소화하기 힘든 방식으로 읽고 있었던 걸지도 모르겠네요."

[†] 1960년대 말 일본을 휩쓴 격렬한 학생운동인 '전학공투회의'의 역사를 기록한 책.
[‡] 일인다역으로 만담을 하는 일본의 전통 예능.

"그러고 보니 토오코는 식사 습관도 그랬어요. 일할 때는 항상 시간에 쫓겨서, 무언가 읽으면서 밥을 먹었죠. 분명 소화가 잘 안 됐을 거예요."

"토오코와 사이가 각별했나 보네요."

"네. 아주 친한 친구였어요."

이것은 거짓말이 아니다. 토오코는 나의 연인인 동시에 단 한 명뿐인 친구이기도 했다. 친구라고 부를 수 있는 유일한 사람이었는지도 모른다. 섹스를 하면서 우정을 느낄 수 있는지는 전적으로 상대의 인격을 존경할 수 있는지에 달려 있다. 처음부터 친구였던 사람과 잠자리를 갖는 것은 어렵지만, 섹스를 거듭해 온 연인과 깊은 우정을 나누는 것은 가능하다.

"고마워요."

야스코 이모님은 마치 자기 일처럼 감사를 표했다. 그녀는 토오코의 친척 중에 내가 호감을 느낀 유일한 사람이었다.

의류에 비해 책을 가져가는 사람은 많지 않았다. 큰아버지가 고지엔†과 나쓰메 소세키 전집, 가쓰라 리큐‡

---

† 일본 이와나미 쇼텐에서 발행하는 대표적인 일본어 사전.

‡ 교토에 위치한 일본 정원 예술의 정수로 꼽히는 황실 별궁.

정원 사진집을 골랐고, 그의 딸이 스타일북과 『앙앙』 몇 권, 오카자키 쿄코[†]의 만화책을 골랐다. 토오코의 고모부는 츠츠이 야스타카[‡]와 아시모프, 필립 K. 딕의 소설들을 고르더니, 상법 책은 골랐다가 버렸다. 그 아들은 옥스퍼드 영영 사전과 『지구를 걷는 방법』, 그리고 인터넷에 관한 책을 몇 권인가 가져갔다. 고모는 『사자에상』[‡+]을 몇 권 챙겼다. 아버지는 기쁜 듯이 로르카[‡++]의 시선집을 집어 갔다.

그 로르카 시집은 사실 내 책이었다. 아주 오래전 토오코에게 빌려준 것이다. 스페인에 있었을 때 샀던 원서로, 하도 많이 읽어 이제는 너덜너덜해져 있었다.

"토오코가 스페인어를 공부하고 있었나요?"

"저도 몰랐어요."

로르카 시집 옆에 NHK에서 나온 스페인어 회화 교재가 꽂혀 있었다. 로르카의 언어에 담긴 음악성을 음미

[†] 독특한 화풍으로 동성애, 섹스, 마약, 폭력 같은 소재를 주저 없이 다루기로 유명한 일본의 만화가.

[‡] 일본의 대표적인 SF 작가.

[‡+] 일본의 국민 만화. 애니메이션으로도 만들어져 반세기가 넘는 시간 동안 전 세대에 걸쳐 큰 사랑을 받았다.

[‡++] 페데리코 가르시아 로르카. 20세기 스페인 최고의 시인이자 극작가로 평가받는다.

하려면 원어로 읽어야 한다고, 내가 잘난 척하며 말한 적이 있기 때문일 것이다. 그게 아니라면 언젠가 아버지를 만나러 멕시코에 갈 생각이었던 걸까. 아버지는 그런대로 만족하는 듯했다. 하지만 추억에 젖어 있을 틈도 없이 책들이 박스에 쌓이기 시작했다.

"책은 헌책방에 팔기로 하고, 이제 남은 건 서류네요."

"서류 때문에 이시카리 씨에게 와 달라고 한 겁니다. 어떤가요? 버리면 안 될 것들이라도 있습니까?"

원고 더미와 공책, 메모, 복사한 자료들, 플로피디스크, 교정지, 편지, 사진 필름 등이 열 박스나 되었다. 이것을 어떻게 처리할 것인가가 나에게 맡겨진 일이었다. 뭐가 뭔지 모르겠다는 이유로 한꺼번에 처분하는 짓은 도저히 할 수 없었다. 그녀가 하고 있던 일, 이제부터 하려던 일, 언젠가 할 수도 있었을 일, 이미 끝낸 일 등을 분명 나는 가려낼 도리가 없다. 그렇지만 이것들 전부가 통틀어 토오코 그 자체인 것이다. 버리면 안 될 물건들은 없겠지만, 이것들을 어떻게 버릴 수 있단 말인가.

"책이랑 같이 제가 가져갈게요."

나도 모르게 말이 튀어 나갔다.

"그럼 너무 폐가 되지요. 책 절반은 내가 가져갈게요."

야스코 이모님이 그렇게 말해 주지 않았더라면, 나중

에 보관할 자리가 모자라 골머리를 앓았을 것이다. 반으로 줄어도 엄청난 양이었지만, 거의 옷방이 되어 버린 작은방을 정리하면 어떻게든 감당할 수 있겠지. 무대 의상은 많이 필요하지도 않다. 쓸모 없어진 악보도 함께 정리해 갖다 버리면 그만이었다.

어쨌든 나는 스타인웨이 피아노만 있으면 먹고살 수는 있다. 하지만 만약 토오코가 살아 돌아와 주기만 한다면 그 그랜드 피아노도 버릴 수 있다. 이 손가락을 하나도 남김없이 부러뜨릴 수도 있다. 귀도 필요 없다. 눈이 멀어도 괜찮다. 음악과 결별하고, 사랑을 포기하고 살아가도 상관없다. 토오코의 온몸이 건강하고, 숨을 쉬고, 이곳저곳 자유로이 다닐 수만 있다면 두 번 다시 만나지 못한다 해도 괜찮다.

그날 바로 소형 트럭이 와 짐을 빼 갔다. 하루라도 빨리 빌라를 정리해 버리고 싶은 모양이었다. 이래서는 망자의 영혼이 머무를 장소가 사라져 버린다. 키리토가 외로움에 몸부림칠 때 찾아와 울 수 있는 장소가 사라져 버린다. 내가 죽고 싶어졌을 때 뒤따라갈 장소가 사라져 버린다.

하지만 물론 나에게 이러쿵저러쿵할 권리는 없었다. 아무에게도 들리지 않도록 살며시 로르카의 시 한 구절을 읊조리는 것 외에는 할 수 있는 일이 없었다.

> 나무꾼이여
> 내 그림자를 베어 주오
> 열매 맺지 못하는 나를
> 바라보아야만 하는 고통에서
> 해방시켜 주오[†]

토오코의 유품이 담긴 박스들을 내가 살고 있는 아파트로 옮겨다 준 사람은 토오코의 사촌 히로였다. 현재 재수 중이라는 이 청년은 어른들 사이에서는 머리가 나쁘다는 평을 들었지만 요즘 보기 드물게 자기 주관이 뚜렷했으며, 입시 공부보다 봉사 활동에 열중한 나머지 재수의 쓴맛을 보고 있는 듯했다. 장례식에도 유품 정리 날에도 오지 않았기 때문에 수험생 모드로 들어가 친척들과의 교류를 면제받은 거라고 생각했지만, 놀랍게도 과거 일본군위안부로 끌려갔던 할머니들을 지원하는 집회에 참가하기 위해 오사카에 다녀왔다고 한다.

"전부터 꼭 가려던 집회이기도 했고, 거기에 가는 게

---

† 로르카의 시 〈시든 오렌지 나무의 노래〉에서 인용.

토오코 누나를 더 잘 보내 주는 방법 같았어요."

짐을 모두 옮긴 후 차를 내오자, 히로는 봉사 활동에 종사하는 젊은이 특유의 열린 태도로 허물없이 이야기하기 시작했다. 나이가 훨씬 많은 사촌 누나임에도 스스럼없이 대하는 모습에서 그녀를 향한 친밀감과 존경심을 엿볼 수 있었다.

"어렸을 적에 토오코랑 같이 살았던 거지?"

"제가 세 살 때까지 저희 집에 있었어요. 별로 기억은 안 나지만요."

"몇 살 차이야?"

"누나랑 동갑이니까 열다섯 살 차이인가. 제가 그, 늦둥이라고 하나요? 아무튼 그거거든요."

"봉사 활동은 토오코의 영향을 받은 거야?"

"언제부터인가 말려들어가 버렸어요. 토오코 누나는 남을 끌어들이는 거 하나는 정말 잘했어요."

토오코도 귀여워했을 것이 분명한, 아주 인상이 좋은 청년이었다. 키리토의 행선지가 우선 히로의 집인 것은 정말 다행이었다.

"그렇지만, 왜 일본군위안부였을까요?"

"응?"

"토오코 누나가 다루는 테마 말이에요. 언제 한번 물

어보려고 했는데 이제는 기회가 없네요."

"그러고 보니 나도 들은 적이 없네."

"그 밖에도 남편이 아내에게 가하는 가정 내 성폭력 문제라든가, 최근에는 원조교제에 대해서도 자주 썼어요. 성에 관한 문제에 굉장히 민감했죠. 그건 토오코 누나가 결혼하지 않고 아이를 낳은 것과 어떤 연결고리가 있는 게 아닐까, 지금 문득 그런 생각이 들어요."

히로는 토오코의 섹슈얼리티에 대해 모르는 게 분명하다. 섹슈얼리티라는 말을 써 본 적조차 없을지도 모른다.

"왠지 모르겠지만, 토오코 누나는 남자를 미워하고 있었던 것 같아요."

"왜 그런 생각이 들었어?"

"행간에 번져 있었어요. 누나가 쓴 르포의 문장을 읽으면요. 남자한테 호되게 당한 적이라도 있었나요?"

"그렇지 않아. 토오코는 있잖아, 순수하게 약자의 편이었어."

남자를 미워해서가 아니다. 아마 토오코는 남자라는 존재에게 절망하고 있었을 것이다. 그것이 나와는 다른 점이었다. 나는 처음부터 아무것도 바라지 않기 때문에 절망할 일도 없다. 토오코는 절망감이라도 느끼기에 오히려 나보다 더 인간적일지도 모른다.

"그래도, 그렇게 쓸쓸한 등을 보이면서 걷지 말라고 해 주고 싶은 순간들이 있었어요. 상점가 같은 데서 장 보고 있는 뒷모습을 볼 때면요."

이 말에 나는 가시방석에 앉은 듯 마음이 불편해졌다. 토오코의 뒷모습을 그렇게 외롭게 만든 사람은 바로 내가 아니었던가. 나는 토오코의 모든 것을 받아들이고 함께 살아야만 했던 게 아니었을까. 키리토를 우리 둘의 아이로 함께 키우며 가족을 꾸려야 했던 게 아니었을까.

히로가 돌아간 후에도 나는 줄곧 죄책감에 몸부림쳤다. 아무 맛도 나지 않는 싸구려 화이트 와인을 두세 병씩 마시지 않으면 잠들 수 없었다. 잠들면 꼭 토오코의 꿈을 꾸는 탓에 잠자기도 무서워졌다. 술을 마시지 않고 뜬눈으로 밤을 지새우고 있노라면, 무얼 하든 눈물이 줄줄 흘러내렸다. 땅을 파내는 꿈을 꾸고 감정의 틀이 뒤틀려 버린 이후부터는 눈물이 제어되지 않았다.

예를 들면 이런 꿈이다. 나는 토오코에게 전화를 건다. 이렇다 할 용건도 없는, 단지 세상 돌아가는 이야기를 할 뿐이다. 전화기 너머로 현관 벨 소리가 들리고, 토오코는 잠깐 기다리라며 아무렇게나 수화기를 올려 둔다. 보류 버튼을 누르지 않아서 집 안의 분위기가 아주 또렷하게 전해진다. 저녁 6시 뉴스가 방송되는 소리도 들린다.

"오늘 저녁은 냉장고 안에 묵혀 있던 재료들을 이용한 창작 요리입니다."

기무라 유코[†]가 말한다. 키리토가 놀고 있는 소리가 들려온다. 블록들을 딸깍딸깍 쌓아 올리며 무언가 노래를 흥얼거리고 있다. 토오코가 현관에서 택배를 받아 들고는 키리토에게 말을 걸며 돌아온다. 나와는 어떤 인연도 없는, 저녁 시간의 훈훈한 공기가 수화기 너머에서 펼쳐지고 있다.

토오코가 살아 있을 적에는 이런 일들이 몇 번이나 있었다. 전업주부로 지내 온 2년이라는 기간은 토오코에게 황금 같은 시간들이었을 것이다. 하지만 나는 그 공간을 두려워하고 있었다. 원하고 갈망하면서도 두려워하고 있었다. 그 포근한 공간에 둘러싸여 보드라운 천으로 폭 싸여 사랑받는 게 무서웠다. 그 사랑을 열망하면서도 늘 혼자 피아노를 치는 생활을 선택했다. 토오코의 집에서 묵은 적은 단 한 번도 없었다. 한 번이라도 그랬다가는 다시는 혼자 있는 방으로 돌아오지 못하리라는 사실을 알고 있었다. 나는 나약한 인간이다.

이런 꿈을 꾸고 나면 깨어나고 싶지 않아 그저 눈물만

[†] 일본 니혼 테레비 출신의 인기 아나운서.

흘리고 있을 뿐이다. 토오코에게 한 번만 더 전화를 걸 수만 있다면. 이야기하고 싶은 것들이 너무 많다. 키리토를 어떻게 했으면 좋을지 그것을 제일 묻고 싶다. 아니, 사실은 묻지 않아도 알고 있다. 너무 잘 알고 있어서 마음이 찢어진다. 내가 그 일을 할 수 있을지 가르쳐 주었으면 좋겠다. 하지만 나는 천국의 전화번호를 알지 못한다.

초칠일이 지나서도 술독에 빠진 나날을 보냈다. 아무 데도 가지 않았고 누구와도 만나지 않았다. 텔레비전도 켜지 않았고 신문을 읽지도 않았다. 일은 계속 방치해 두었다. 나는 피아노마저 치지 않았다. 마시고, 토하고, 자고, 울었다. 낮도 밤도 없이 단지 이 행동들을 반복할 뿐이었다. 전화는 거의 오지 않았지만, 가끔 오더라도 나는 수화기를 들지 않았다. 고양이도 내게 질려 버렸는지 차가운 눈으로 나를 쳐다봤다.

어느 날 아침 문득 거울을 보니 내 얼굴이 낯설게 변해 있었다. 그리고 하루사메의 상태가 이상하다는 걸 깨달았다. 건식 사료를 줘도, 습식 사료를 줘도 거의 입을 대지 않았다. 피아노 밑에서 동그랗게 몸을 말고는 눈을 꾹 감은 채 괴롭게 호흡하고 있다. 이름을 부르자 희미하게 눈을 뜨며 대답하려 했지만 아무 소리도 나오지 않는다.

나는 며칠 만에 밖으로 나가 신선한 우유를 사고, 닭가슴살과 전갱이 포, 참치회도 샀다. 전갱이 포를 구워, 먹기 좋게 살을 발라내 사료와 섞은 그릇과, 잘게 자른 참치회에 가다랑어 포를 뿌린 그릇을 나란히 두었다. 평소라면 헐레벌떡 달려와 얼굴을 파묻고 먹을 정도로 좋아하는 메뉴였지만 하루사메는 냄새만 맡을 뿐 고개를 휙 돌려 버린다. 좋아하는 우유를 줘 봐도 입도 대지 않았다.

"부탁이니까 제발 좀 먹어."

몸을 쓰다듬자 울음 같지 않은 울음소리를 내며 오줌을 쌌다. 윤기가 흐르던 까만 털은 푸석푸석해졌고 눈에서는 계속 고름이 났다.

"미안해. 그냥 내버려 둬서, 정말 미안해."

스포이트로 우유를 먹이려고 하자 누런 액체를 토해냈다. 나는 이동장에 하루사메를 넣어 근처 동물병원으로 향했다.

"죽는 건가요?"

나는 진찰 중인 의사에게 몸을 떨며 물었다.

"안 죽어요. 버티겠죠."

의사는 화가 난 듯한 말투로 단언했다. 나는 바닥에 주저앉아 손을 모았다. 하루사메는 당분간 입원하게 되었다.

돌아오는 길, 오랜만에 공원을 지나자 꽃향기에 숨이

멋을 것만 같았다. 벚꽃, 서향 등 달콤 쌉싸름한 향기와 봄 공기가 나의 오감을 찔러 댔다. 나는 정신이 나갈 만큼 외로웠다. 누구와도 상관없으니 토오코 이야기를 하고 싶다. 바람이 뺨을 스치는 것만으로도 눈물이 흐르고, 조그마한 아이와 놀아 주고 있는 엄마를 보면 손바닥을 꼬집으며 터져 나오는 울음을 삼켜야만 했다.

나는 전철을 갈아타며 변두리에 있는 병원까지 우메 여사를 만나러 갔다. 오토바이로 가지 않은 이유는 헬멧을 쓰고 눈물을 흘리면 시야가 흐려져 운전할 수 없기 때문이다. 전철 안에서 사람들이 힐끔힐끔 나를 쳐다보길래 왜인가 했더니, 나도 모르게 눈물을 뚝뚝 흘리고 있었다. 나는 머쓱해져 칸을 옮겼다.

우메 여사는 방금 격심한 통증을 동반한 발작을 일으켜 약기운이 센 주사를 맞은 직후였다. 힘없이 축 늘어져 있었지만, 온화한 부처 같은 얼굴을 하고 누워 있었다. 우메 여사는 그럴 때면 열 살 정도는 더 나이 들어 보인다.

"형편없는 얼굴이구나."

우메 여사는 나를 보자마자 지친 목소리로 말했다.

"요즘은 거울을 볼 여유도 없을 만큼 바쁜가 보지?"

"통 오지를 못했네. 미안해."

"외국에라도 나가 있었던 게냐?"

"토오코가 죽었어."

입을 떼자마자 베개를 붙잡고 오열했다. 같은 병실에 있던 중증 환자들이 무슨 일이냐며 일어날 만큼 어마어마하게 울부짖었다. 옆 병실의 다른 환자들까지 보러 올 정도였다. 우메 여사는 슬픔을 함께 나누기라도 하듯 내 머리를 안고는 아무 말 없이 머리카락을 쓰다듬어 주었다. 나의 오열은 20분 가까이 계속되었고, 영원히 끝날 기미가 보이지 않자 마침 회진을 돌던 의사가 차마 더는 못 보겠다는 듯이 진정제를 놓아 주었다.

"이 병원은 툭하면 주사를 놓는다니까. 괜찮으냐?"

토오코의 죽음에 대해 누군가에게 말한 것은 이번이 처음이다. 이야기를 나누다 보니 '아, 정말로 토오코가 죽었구나' 하고 다시 한번 그 죽음을 실감했다.

"저세상도 그리 나쁜 곳은 아닌 모양이더군."

한바탕 큰 울음이 휩쓸고 간 후, 우메 여사가 기묘한 위로를 건넸다.

"연구라도 하고 있어?"

"당연하지. 누구나 해외여행을 갈 때 가이드북 정도는 읽는 법이니까."

"저세상 가이드북이 있는지는 몰랐네."

"불경이나 성경, 이슬람교 법전도 꽤 재미있어."

"마음의 준비도 없이 죽는 사람도 있어. 토오코처럼."

"그럼 네가 대신 읽어 줘."

"나는 특정 종교는 믿지 않는걸."

"네 종교는 음악이었지. 그렇다면 피아노를 쳐 줘라. 이대로라면 그 애는 죽어서도 편히 눈을 못 감을 거야."

"어떻게 살아가면 좋을지 모르겠어."

"우선 그 머리부터 어떻게 좀 해 봐. 제멋대로 자라서는, 꼭 사자 갈기처럼 말이야."

우메 여사가 손거울을 빌려주었다. 정말로 그 말 그대로였기 때문에 나도 모르게 웃음이 터져 나왔다.

"거 봐라. 아직 웃을 수 있구먼."

"우메 여사, 몸을 좀 씻겨 줄까? 손톱 깎고 싶지는 않아? 뭐 먹고 싶은 건 없고?"

"아무것도 필요 없어. 혼자 있게 해 다오."

나의 사연이 환자를 몹시 피곤하게 만들어 버렸다는 사실을 그제야 겨우 깨달았다.

"부탁이니까 우메 여사는 갑자기 가 버리지 마. 옆에 있게 해 줘. 아무것도 못 해 주겠지만 우메 여사가 죽을 때 손을 잡아 줄게."

우메 여사는 이제 그만 가라는 듯 손을 흔들어 보였

다. 그녀의 머리맡에는 꽃 한 다발, 과자 한 상자조차 놓여 있지 않았다. 나는 병문안을 왔으면서 아무 선물도 들고 오지 않았음에 부끄러워하며 병실을 나왔다.

테루짱이 일하는 미용실은 노기자카에 위치해 있었다. 우메 여사가 있는 병원에서 지요다선을 타고 한 번에 갈 수 있으니 거기까지 들러 보기로 했다. 토오코를 알고 있는 사람을 만나고 싶었다.

"어, 진짜로 와 줬네. 기뻐라."

"잘라 줘."

"확 짧게 쳐 버릴까?"

그것도 나쁘지 않겠다고 생각했다. 차라리 이참에 토오코처럼 쇼트커트를 해 볼까. 그렇게 고인을 기리는 것이다. 머리가 다시 길었을 때에는 지금보다 편히 숨 쉴 수 있겠지. 토오코와 같은 머리를 해 달라고 주문하자 테루짱은 혀로 입술을 핥으며 잔뜩 기대하는 얼굴로 가위를 잡았다.

"땡잡았네. 이렇게 좋은 모질은 드물거든."

"토오코의 헤어스타일은 알고 있어?"

"당연하지. 2년 동안 내 손님이었는걸."

그건 몰랐던 사실이다. 토오코에게는 그런, 묘하게 의

리가 넘치는 구석이 있었다.

"항상 키리토를 데리고 왔어. 키리토의 바가지 머리도 내 작품이야."

나는 내 머리카락이 싹둑싹둑 잘려 나가는 모습을 보며, 키리토의 갈색빛 감도는 부드러운 머리를 떠올렸다. 어린아이의 머리에서는 어떻게 늘 그런 달콤한 냄새가 나는 걸까. 그러자 테루짱도 같은 생각을 한 듯, 갑자기 입을 꾹 다물고 말았다.

"그 녀석 잘 있으려나."

"지금은 나리마스에 있는 큰아버지 집에 있을 거야."

"아냐. 그다음에 하치오지에 있는 친척 집으로 옮기고, 그 후에 또 가와사키로 갔다고 들었는데."

"엇, 정말이야?"

"그 사람들, 내가 마사유키가 어디 있는지 알고 있다고 의심하고 있어서 종종 연락이 오거든."

"불쌍해라. 완전 폭탄 돌리기네."

"너 정말 아무것도 몰랐어? 키리토가 잘 따르질 않아서 큰일인가 봐."

"걔 완전 울보잖아."

"손도 못 대고 있나 보더라고. 내버려두면 하루 종일 큰 소리로 울고만 있대. 자기 애가 아니니까 때리지도 못

하겠다고 곤란해 하면서 나한테 전화한다니까."

　그렇게나 사랑을 듬뿍 받으며 컸는데도 타고난 기질 때문인 걸까, 아니면 알게 모르게 한부모 가정의 영향이 있는 걸까. 키리토는 토오코에게도 무시무시하게 투정을 부리곤 했다. 몇 번 본 적이 있는데, 나라면 진작에 육아 노이로제에 시달렸을 것이다. 토오코는 정말이지 진득한 인내심을 가지고 아이를 대했고, 어지간한 일이 아니고서 야 결코 매를 들지 않았던 듯하다.

　"자, 멋진 부치† 언니 완성이요!"

　"어때, 괜찮아?"

　"늠름하네! 멋있네!"

　테루짱은 그렇게 말하며 만족스러운 듯 턱을 만지작 댔다.

<hr />

†　레즈비언 커뮤니티에서 남성적인 스타일의 젠더 표현을 하거
나 그러한 정체성을 지닌 사람을 뜻한다.

6

머리를 자르고 가뿐해지자 나는 다시 피아노 앞에 앉
았다.

매일을 살아갈 생활비를 벌어야만 했고, 그와 별개로
우메 여사가 한 말이 마음에 걸렸다. 키리토를 남겨 둔
채, 죽어서도 눈을 감지 못하고 구천을 떠돌고 있을 게 분
명한 토오코의 영혼을 내 피아노 연주로 위로해 주고 싶
었다.

"혹시라도 아직 일이 있으면 소개해 줘."

늘 일을 알선해 주는 사무소의 에이지 씨에게 전화를
하자, 에이지 씨는 아무것도 묻지 않고 결혼식장 연주와
카운터테너 반주 일을 주었다.

"꼭 가리 씨로 해 달라는 요청이 엄청나게 들어와 있
으니까 갑자기 없어지거나 하지 마."

"고마워."

당신은 반주자로 끝날 사람이 아니라며 항상 일을 주는 이 남자는, 나의 섹슈얼리티를 알고 있으면서도 나에게 청혼한 적이 있다. 여자 애인을 만들어도 상관없고 섹스는 하지 않아도 좋으니 꼭 결혼하고 싶다고 했지만, 더 이상 인생을 복잡하게 만들고 싶지 않아 웃어넘기며 일축했다. 그런데도 그는 내 연주회 때마다 궂은 일을 자처해서 도맡아 주었다. 내가 정통 클래식 무대에서 내려왔을 때에는 진심으로 화내며 꽤 오랫동안 나와 말하지 않은 적도 있다.

"그런데, 스페인 대사관의 카발리에라는 사람 알아?"

"카발리에 씨라면 잘 알지."

스페인 유학 시절 은사였던 리리아 카발리에 선생님의 남편분이다. 유학 시절 이 부부에게 얼마나 많은 신세를 졌는지 헤아릴 수도 없다. 남쪽 안달루시아 지방 출신인 리리아 선생님에게는 스페인 음악의 정수를 배웠고, 북쪽 카탈루냐 지방 출신의 엘리트 외교관인 카발리에 씨에게는 독특한 스노비즘을 배웠다. 그리고 이 두 사람과 어울리면 어울릴수록 스페인이라는 나라의 혼의 깊이를 느끼게 되는 것이었다.

"일본 대사관에서 근무하게 되신 건가?"

"요 며칠 동안 계속 당신을 찾고 있어. 대사관저 환영회에서 '스페인 음악이 흐르는 밤'을 개최한다면서 피아노를 쳐 달라고. 할 거지?"

"잠깐만."

대사관 직원으로 부임했다니, 그렇다면 리리아 선생님도 함께 오시는 게 분명하다. 선생님은 연주 활동에서 은퇴하신 지 오래고, 지금은 마음에 드는 학생을 가르치는 일 외에는 하지 않으신다.

"제일선으로 복귀할 기회야, 이건."

"리리아 선생님 앞에서는 칠 수 없어."

"카발리에 씨가 이렇게 말하던데? 어느 연주회의 프로그램에서도 쿄코 이시카리라는 이름을 찾을 수 없는 이유가 뭐냐고. 세계 곳곳을 누비며 연주회를 하느라 국내에서는 시간이 안 나는 건지, 아니면 글렌 굴드[†]처럼 연주 활동에 질려 버린 건지. 그렇다면 왜 레코드점에 이시카리의 CD가 하나도 없는 건지 물었어."

"반주자가 됐다고 말했어?"

"말할 리가. 잠시 슬럼프가 와서 충전 중이라고 말해

[†] 캐나다 출신의 피아니스트. 연주회를 혐오하여 31세에 무대 은퇴를 선언하고, 스튜디오 녹음에만 전념하며 완벽한 예술을 추구했다.

됐지. 맞잖아?"

"잠깐. 생각 좀 해 볼게."

"이런 기회는 두 번 다시 없을지도 몰라. 다행이라 생각하고 받는 편이 좋을 거야."

나는 하루만 생각할 시간을 달라고 하고 전화를 끊었다. 나는 벌써 3년 동안이나, 음악에 조예가 깊은 청중들 앞에서 의미 있는 연주를 선보이는 무대에 오르지 않았다. 오로지 자신만을 위해 스코어†를 읽고, 곡을 반복해서 연습하며 음악과 소통해 왔다. 나에게는 그것만으로도 충분했다. 만약 토오코가 죽지 않았더라면 나는 영원토록 청중을 필요로 하지 않은 채 레퍼토리만을 늘려 나갔을 것이다.

이럴 때 이런 제의가 들어온 건 피할 수 없는 운명이라고 생각하기로 마음먹었다. 나는 수락하겠다는 답을 보냈다. 게다가 스페인의 역사는 레콘키스타‡의 역사가 아니던가.

"죽을 만큼 바빴으면 좋겠어. 뭐든 칠 테니까 일이 있으면 쭉쭉 넘겨 줘."

---

† 여러 악기의 파트가 한눈에 보이도록 편집된 합주용 악보.
‡ 8~15세기 이슬람 세력에게 점령당한 이베리아반도를 되찾으려 했던 스페인의 국토 회복 운동.

"큰돈이 되지는 않겠지만, 사실 콘체르토[‡]가 하나 있는데."

"어, 할래, 할래!"

"시민 오케스트라라서 좀 미안하긴 하지만."

"괜찮아. 곡이 뭔데?"

"그게 말이지, 라흐마니노프 피아노 협주곡 제3번이야."

거의 격투기라고 해도 될 만큼 극악의 난이도를 자랑하는 그 곡은, 머릿속을 채운 알코올 수증기와 어설픈 애상을 날려 버리고 무아지경으로 몰입하기에 딱 안성맞춤이었다. 나는 아무것도 생각하지 않고 온몸을 음표들로 채우고 싶었다. 고된 연습으로 몸을 저릿저릿해지도록 만들고 싶었다. 또다시 나타난 불행의 근원 D단조였지만, 독은 독으로 치유하고 싶다는 생각도 마음 한구석에 자리하고 있었다.

"오케이. 해 볼게."

"단, 진짜 미안한데 연주회까지 한 달밖에 안 남았어."

"알았어."

"덕분에 살았네. 하기로 했던 피아니스트가 갑자기 그

[‡] 독주 악기와 오케스트라가 함께 연주하는 협주곡.

만됐는데 할 사람이 없어서 곤란했거든. 보통 연주자한테 한 달은 감당이 안 되니까."

콘체르토가 한 달 후, '스페인 음악이 흐르는 밤'이 두 달 후, 그 밖에도 반주자로서의 일이 몇 건 들어왔다. 이걸로 당분간은 시간을 잊고 음악에만 몰두할 수 있을 것 같았다. 괴로울 때는 자신에게 당근을 주지 말고 더욱 가혹하게 채찍질을 해라. 그렇게 가르쳐 준 사람은 바로 우메 여사였다.

"꿈 같네. 가리 씨의 피아노 협주곡을 다시 들을 수 있다니."

에이지 씨가 말했다.

나 역시 같은 생각이었다.

피로연장에서 반주를 할 때는 피아노 솔로로 진행하기도 하지만 바이올린, 플루트와 함께 트리오를 짜는 경우도 많다. 대부분은 사무소 주선으로 마음이 잘 맞는 연주자끼리 그룹을 짜게 된다. 나의 경우, 바이올린은 유카리, 플루트는 마도카와 함께 트리오를 구성한다.

"이야, 어떻게 된 거야? 가리 씨, 무슨 일 있었어?"

내 머리를 보자마자 두 사람은 인사도 잊어버리고 동시에 외쳤다.

"그런 건 묻지 않는 게 예의야."

"멋있다. 마를레네 디트리히[†] 같아."

나는 과감하게 등 쪽이 파인 타이트한 블랙 롱 드레스를 입고 있었다. 옆트임 사이로 검은색 망사 타이츠가 슬쩍슬쩍 보였다. 액세서리는 천연 진주 목걸이 하나. 옛날에는 무턱대고 번쩍번쩍 빛나는 장식을 하고 화려한 색깔의 드레스를 입었지만, 30대 중반에 들어서니 그런 진돈야[‡] 같은 복장은 할 수 없었다.

"전보다 더 여심을 홀리는 매력이 넘치는걸."

"남자는 다가오기 어려운 분위기네."

"사연 있는 듯한 그 눈빛이 끝내준다, 정말."

"이번에는 턱시도를 입어도 괜찮았을 텐데."

꺄악꺄악 한바탕 호들갑을 떨었지만, 그녀들 나름의 위로였던 것일지도 모른다. 아마 내가 실연이라도 당했다고 생각하는 거겠지. 귀하게 자란 아가씨들이란 함께 어울리기에 조금 답답한 점도 있지만, 이런 여유롭고 부드

[†] 독일 출신의 배우이자 가수. 팜므파탈 이미지로 세계적인 인기를 얻었으며, 시대를 풍미한 전설적인 스타이다.

[‡] 진돈야(チンドン屋). 일본의 전통 홍보 업자. 화려하고 우스꽝스러운 옷을 입고 악기를 연주하며 거리에서 광고나 선전을 하는 사람.

러운 태도에서 위안을 받을 때가 있다.

연회장에 들어가기에 앞서, 오늘의 주인공인 신랑 신부가 인사를 왔다. 당연히 아무런 인연도 없고 아마 앞으로 얼굴을 볼 일도 없을 사람들이지만, 호텔 측에서 사전 조사를 해 준 덕분에 두 사람의 추억의 곡은 이미 파악해 두었다.

"마지막 마무리로 파헬벨의 〈캐논〉을 요청하셨네요. 스피치 관계로 시간이 연장될지도 몰라서 짧게 편곡한 것도 준비해 왔는데, 어떻게 하시겠어요? 오리지널 버전으로 차분히 들으시겠어요?"

신랑이 방긋 웃으며 무언가 말하려고 한 순간, 신부가 갑자기 그곳의 공기를 바꾸어 놓았다.

"저, 사실은 갑자기 마음이 바뀌어서요."

"네?"

"지금 변경해도 괜찮나요?"

"야, 무슨 소리야. 진상이잖아."

"괜찮습니다. 무슨 곡이 좋으세요?"

악보도 없이 고등학교 교가를 연주해 달라는 사람도 있었고, 꽤 연배가 있는 참석자로부터 군가를 요청받은 적도 있었다. 우리는 프로이기 때문에 전혀 들은 적 없는 곡이라도 한 번만 입으로 흥얼거려 준다면 어떤 곡이든지 연주할 수 있었다.

"저기, 저랑 같이 피아노를 연주해 주실 수 있나요?"

신부가 뺨을 발갛게 물들이며 말하자 신랑은 대놓고 불쾌한 얼굴을 했다.

"야, 갑자기 뭐라는 거야."

"옛날에 배운 적이 있어요. 대학 입시 때문에 그만뒀지만, 추억이 되살아나서요. 역시 피아노란 멋져요."

"그렇지만 피로연이니만큼 저랑 연주하기보다는 남편분과 같이 연주하는 게 좋지 않을까요?"

"그건 그렇죠."

"아니, 저는 못 칩니다. 그렇게 치고 싶으면 혼자서 치면 되잖아."

"친구분과 같이 치신다든지?"

"그렇지만 저는 꼭 이분이랑 치고 싶은데."

신랑은 쓸쓸한 표정을 짓고 호텔 직원도 난감해졌다. 아까부터 신부가 홀딱 반한 표정으로 나를 바라보는 시선을 느끼고 있었지만, 프로란 어떤 요청에도 응해야 하는 법.

"좋습니다. 저라도 괜찮으시다면 기꺼이 함께 쳐 드리죠."

신부의 얼굴이 활짝 폈다. 전등 스위치를 켠 것처럼

속이 훤히 들여다보였다.

"감사합니다. 평생의 추억으로 간직할게요."

"죄송합니다, 무리한 부탁을 해서."

체면을 구긴 신랑으로서는 이럴 때 관대한 태도를 보일 수밖에 없다. 쓴웃음을 지으며, 신부의 변덕을 받아들여 주는 너그러운 남편을 연기하기로 한 모양이다. 하지만 그는 누가 봐도 기분이 상해 있다. 굳은 미소에서 이 남자의 그릇이 얼마나 작은지 빤히 보였고, 신부가 이 남자와의 생활에서 얼마만큼의 불안과 불만을 품고 있는지 손바닥을 들여다보듯 훤히 알 수 있었다.

"신랑은 은행원이고, 신부는 스튜어디스래."

가볍게 음을 맞추고 있을 때 유카리가 입수해 온 정보를 귀엣말로 소곤거렸다.

"식도 올리기 전부터 아내에게 '야야'거리는 남자, 정말 별로다."

"뭐랄까, 금방 이혼할 것 같은 커플이야."

"맞아, 맞아."

20대 후반의 미혼 여성인 유카리와 마도카는 엄격하게 커플들을 품평하면서 스트레스를 해소하곤 했다.

피로연이 진행되는 동안 신부는 줄곧 나를 바라보았다. 신랑은 축사에 너무 감동한 나머지 눈치도 못 챈 모양이었지만, 장소를 가리지 않는 신부의 시선은 경솔해 보였다.

"그거 알아? 신부, 계속 가리 씨만 보고 있어."

"알아."

눈치 없는 마도카까지 알아볼 정도였으니, 마지막 연탄곡 연주 때는 식은땀이 흘렀다. 신부는 일부러 몸을 딱 붙여 앉아 필요 이상으로 내 손과 발을 터치하며 연주했다. 박수갈채 속에서 일단은 함께 방긋 미소 지어 보였지만, 한순간 매섭게 쏘아보자, 신부는 내 손바닥에 종잇조각을 몰래 쥐여 주었다. 거기에는 이렇게 적혀 있었다.

10시 꼭대기 층 바에서.

8시가 지나 피로연이 끝나자 나는 편안한 차림으로 갈아입고 9시를 넘겨 바로 향했다. 왜 그런 행동을 했는지는 모르겠다. 아무리 그래도 식을 막 올린 신부가 태연하게 유혹해 올 거라고는 생각하지 않았지만, 와 준다면 뜻밖의 행운이고 오지 않더라도 오랜만에 바에서 아름다운 여자를 기다리는 설렘을 맛보고 싶었는지도 모른다. 몽라셰 와인 하프 보틀과 모둠 치즈를 주문해 카운터석에서 마시고 있으니, 10시에 딱 맞춰 신부가 찾아왔다. 평

상복 차림의 여자는 이브닝드레스를 입었을 때보다 더 청초하고 매력적으로 보였다.

"오래 기다리셨어요?"

"아뇨."

여자는 메뉴를 보지도 않고 마티니를 주문하더니 익숙한 손놀림으로 담배에 불을 붙였다.

"남편분은?"

"대학 친구들이랑 2차에 갔어요. 아마 아침까지는 안 돌아올 거예요."

"당신은 가 보지 않아도 되나요?"

"슬쩍 빠져나왔어요. 너무 피곤해서. 오늘은 새벽 5시에 일어나서 이제 녹초가 됐어요."

그녀는 유혹하듯 그윽한 눈길로 나를 바라봤다. 아주 옛날, 토오코의 방에 버려두고 온 것이 분명한 그 감각, 확실한 먹잇감을 골라내는 사냥 본능이 수년 만에 피부 안쪽에서 천천히 눈뜨는 것을 나는 느낄 수 있었다.

"그렇게 피곤하면 방에 가서 쉬는 게 좋을 텐데요."

"잠을 잘 수가 없어요. 장거리 비행을 계속하면 온 신경이 축 늘어질 만큼 피곤해서 잠을 못 자는 경우가 종종 있는데, 요 일주일 정도는 계속 그런 상태네요."

"저도 알아요. 하루 종일 피아노를 치고 있으면 머릿

속에 계속 음악이 들려서 못 자게 되는 거랑 비슷하려나."

"저, 고등학생 때 이시카리 씨의 연주회에 간 적이 있어요."

"네?"

생각지도 못한 말을 듣고, 순간 헌터로서의 피가 식었다.

"그때 분명 리스트와 슈베르트, 그리고 스페인 음악을 몇 곡인가 연주하셨었죠."

그렇다면 내가 맞을 것이다. 그 시절, 스페인 음악을 연주하는 피아니스트는 아직 그리 많지 않았다.

"오오, 이런 우연이."

"아까 바로 알아봤는데 그 자리에서 말하기도 좀 그래서요. 사실은 아무도 모르게 팬이었어요."

"아, 그래서 같이 연주하자고 하셨던 거구나?"

"제 언니는 음대를 졸업하고 지금은 피아노 학원을 하고 있는데, 바득바득 이를 갈 만큼 부러워했었죠. 후후훗."

나는 일단 술에만 집중하기로 했다. 마티니를 세 잔 함께 마셔 준 후, 샤블리 풀 보틀을 다 비웠다.

"신경이 날카로워져서 잠들 수 없을 때는 한 가지 방법이 있어요."

"뭘까? 술인가?"

"섹스."

"아하하하, 그렇죠."

"당신은 이제부터 남편과 즐거운 첫날밤을 보내야죠. 거기에 집중해요."

"도저히 그럴 기분이 안 드는 건 누구 때문일까요?"

나는 더 이상 참을 수 없었다. 욕정이 불타오르듯 척추를 타고 올라와 혈관을 들끓게 했다. 나는 토오코의 피투성이가 된 육체를 떠올렸다. 다 셀 수도 없을 밤의 기억들과 영원히 이어질 홀로 맞을 아침을 떠올렸다. 토오코의 샴푸 냄새를, 목덜미의 점을, 입술의 촉감을 떠올리고는 튀어 오르듯 옆자리 여자의 손을 잡았다. 그 손은 따뜻했고 나를 향해 말을 걸고 있다. 살아 있다는 느낌이 들었다.

"피아노를 같이 친다는 게 어떤 의미인지 알아?"

"이런 의미잖아?"

내가 잡은 손 위로 또 다른 손이 포개졌다.

나는 계산을 하고 그녀의 방까지 따라갔다.

엘리베이터 안에서 키스를 하자 갑자기 허리가 녹을 것 같은 답례가 되돌아온다.

우리는 샤워도 하지 않고 서로의 옷을 벗겨 내고는 입

술을 빨아올리며 서로의 몸을 탐식했다. 섹스 같은 건 두 번 다시 하지 않아도 된다고 생각했는데, 토오코와 하는 섹스가 아니면 아무것도 느끼지 못할 거라고 생각했는데, 나의 몸뚱이는 상대의 움직임에 따라 정직하게 반응하고 있었다. 몇 번이나 토오코의 이름을 부른 것 같다. 하지만 토오코는 웃으면서 용서해 주겠지. 내가 언제까지나 시체를 끌어안고 살아가기를 토오코도 분명 원치 않을 테니까. 다른 여자들과 자는 거야, 많이 자는 거야, 그렇게 인생을 즐겨. 토오코는 천사가 되어 지금도 내 눈앞에서 그런 말을 속삭이고 있을 게 분명하다.

"왜 울어? 나랑 하는 거 별로야?"

"아니야, 너무 좋아. 그래서 우는 거야."

"저기, 토오코가 누구야? 애인?"

"응, 평생의 연인. 근데 나를 두고 멀리멀리 가 버렸어."

"가여워라. 내가 그 자리를 대신해 줄까?"

"유부녀랑 얽히는 건 싫은데."

"하루라도 빨리 알았으면 결혼 따위 안 했을 거야."

나는 시계로 눈을 돌렸다. 곧 새벽 3시가 되려 하고 있었다. 남편이 오기 전에 방을 나가야만 한다.

"고마워. 즐거웠어."

"또 만날 수 있어?"

"더는 보지 않는 게 좋지. 잘 살아."

"알았어. 그렇지만 연인이 필요해지면 언제든 전화해."

"이제 연인 같은 건 안 만들 거라서. 안녕."

오토바이를 타고 밤바람을 맞으며 거리를 달리자, 취기가 조금씩 몸에서 벗겨져 나가듯 정신이 돌아왔다. 그 여자의 잔향도, 쾌락의 잔불까지도 모두 바람이 말끔히 씻어내 주었다. 그래, 나는 앞으로 여자들과 잠자리는 갖더라도 다시는 연인을 만들지 않을 것이다. 오토바이 뒷자리를 영구결번으로 비워 둔 채 나이를 먹어 가겠지. 피아노도 오토바이도 혼자서 사용하도록 만들어져 있다. 둘 다 완벽하게 고독한 도구들이다.

새벽녘, 아파트로 돌아오자 부재중 메시지 램프에 불이 들어와 있었다. 나에게도 아직 전화를 해 주는 사람이 있다는 사실을 알려 주는 귀중한 순간이다. 놀랍게도 다섯 통이나 남겨져 있었다. 급히 재생 버튼을 누르자 메시지들이 주르륵 쏟아져 나왔다.

"안녕하세요. 나루시마예요. 히로요. 음, 안 계신 것 같으니 다시 전화 드릴게요." (오후 7시 51분)

"아, 또 저예요. 으음, 드릴 말씀이 있는데. 좀 이따가 다시 전화 드릴게요." (오후 8시 45분)

"계속 전화해서 죄송해요. 히로예요. 아직 집에 안 돌아오셨네요. 아니다, 다시 걸게요." (오후 10시 3분)

"히로예요. 만약 들어오시면 제 휴대전화로 연락 좀 해 주실래요? 번호는 ○○○○○○○. 부탁드릴게요." (오후 11시 28분)

"히로입니다. 늦어도 괜찮으니까 돌아오시면 꼭 좀 전화 주세요. 거듭 죄송합니다." (오전 0시 10분)

그건 전부 히로가 남긴 메시지였다. 가벼운 어투로 말하고 있지만, 이렇게 끈질긴 걸 보면 보통 일이 아니다. 나는 반사적으로 키리토에게 무슨 일이 생겼다는 직감이 들었다. 방금까지 내가 저지른 행동들에 대한 벌을 받는 거라고. 토오코가 웃으면서 용서해 줄 거라니, 뻔뻔하기 짝이 없는 억지에 지나지 않았다. 시간은 오전 5시를 살짝 넘기고 있었다. 조금 더 상식적인 시간이 될 때까지 기다려야 할지 망설였지만, 이내 곧바로 통화 버튼을 눌렀다.

세 번의 신호음이 울린 후 히로가 전화를 받았다.

"네, 여보세요."

"나야, 이시카리. 히로, 대체 무슨 일이야?"

"아아, 가리 씨? 드디어 전화가 됐네요. 사실…… 키리토가 사라져서요……."

그의 말에 따르면 상황은 이러했다. 어느 친척 집에서도 적응을 못 하는 키리토가 안쓰러워 히로가 온종일 놀아 주려 함께 외출했다고 한다. 이왕이면 엄마와의 추억이 깃든 장소가 좋겠다고 생각해 키리토에게 엄마와 늘 같이 갔던 장소를 물어보니 "깃초지, 깃초지"라고 했다고. 거기에다 공원, 공원, 보트, 보트 하며 외쳐 대길래, 이건 기치조지의 이노카시라 공원이 분명하다는 생각이 들었다는 것이다.

"아마 가리 씨 집 근처니까 셋이서 자주 갔겠거니 하고요."

"맞아. 토오코 집에서는 로카 공원이 가깝지만, 토오코와 키리토는 이노카시라 공원을 좋아해서 자주 차를 몰고 와서는 나를 불러내곤 했어. 그래서?"

동물원에도 가고 온종일 시간을 보내고 나서 이제 집에 가자고 아무리 말해도 듣지 않자, 히로는 아이스크림으로 키리토를 달래 보려 했다. 그런데 매점에서 아이스크림을 사는 아주 잠깐 사이에 키리토가 없어져 버린 것이다. 그것이 오후 7시쯤이었다.

"그래서 가리 씨한테 물어보면 키리토가 갈 만한 곳을 알 수 있지 않을까 해서요."

"그럼, 공원 관리소나 경찰에는 아직 연락을 안 해 본 거야?"

히로는 숨이 넘어갈 듯한 목소리로 죄송하다고 말했다. 똑 부러져 보여도 이 청년은 어딘가 조금 맹꽁이 같은 구석이 있다. 그래도, 국가권력에 기대지 않고 자기 힘으로 아이 하나쯤은 찾아내고 말겠다는 오기가 생겼던 건지도 모른다.

"혹시나, 거기에는 안 갔죠?"

"나도 이제 막 들어온 참이라. 두 살짜리 애가 혼자서 여기까지 올 수 있으려나."

공원에서 우리 집까지는 어른 걸음으로 IO분 정도 걸리는 비교적 쉬운 길이지만, 아무리 엄마와 함께 몇 번이나 와 본 길이라 해도 아이 혼자 오기에는 무리이지 않을까? 무엇보다 키리토가 특별히 나를 만나러 올 거라고는 생각하기 어려웠다.

"히로, 너는 지금 어디에 있는데?"

"파르코 백화점 옆 갓길에 차를 세워 두고 차 안에 있어요. 공원, 역, 가리 씨네 집까지, 그 근처는 밤새 샅샅이 찾아봤지만……. 아침이 되면 경찰서에 가야겠어요."

"알았어. 지금 그리로 갈게."

온몸에 짙은 피로가 쌓여 있어 지금이라도 당장 침대에 눕고 싶었지만, 커피 한 잔 마실 여유도 없이 나는 이제 막 들어온 보금자리를 뒤로하고 다시금 서둘러 집을 나섰다. 열 시간 동안이나 혼자 밤거리를 헤매고 있을 키리토를 생각하니, 나 혼자서 포근한 침대에 누워 잠을 청할 수는 없는 노릇이었다.

"이런 시간에, 정말로 죄송해요."

히로의 혼다 시빅 차량에 올라타자, 그는 미안해 하며 캔 커피를 건넸다.

"키리토가 입고 있던 옷이랑 사라진 장소를 정확히 알려 줘."

"자주색 맨투맨 티에 곰돌이 푸가 그려진 멜빵바지요. 보트 타는 곳에서 제일 가까운 매점 근처에서 없어졌어요."

"연못에 빠진 거면 이제 손쓸 도리도 없겠네."

겁을 줄 생각은 없었지만 히로의 얼굴이 새파랗게 질렸다.

"키리토는 요즘 어떻게 지내고 있었어?"

"나리마스, 하치오지, 가와사키, 가마타를 전전하다가 이제 다시 저희 집인 나리마스에 와 있었어요. 와타리 마사유키는 아직 못 찾아낸 모양이고요. 작은아버지는 멕시코로 돌아가셨어요."

"잘 먹고 잘 자고?"

"네, 먹고 자는 건 괜찮아요. 근데 말수가 눈에 띄게 줄었어요. 처음에는 짜증이 엄청났는데, 요새는 스스로 마음의 문을 닫기로 한 느낌이랄까요."

"오늘은 기분 좋게 놀았고?"

"네, 오랜만에요. 흔치 않게 방방 떠 있었어요. 그래도 가끔 엄마 생각이 나는지 갑자기 입을 다물어 버리더라고요."

"그래도 너는 잘 따르지?"

"저는 집에 별로 붙어 있지를 않으니까요. 이제 곧 집에서도 나갈 것 같아요."

"어어? 왜?"

"이제 대학은 포기하려고요. 아직 아무한테도 말은 안 했지만, 청년해외협력대†에 들어갈 생각이에요."

히로가 유일한 구원의 끈이었건만, 나는 큰 충격에 휩싸였다. 그렇게나 신경질적인 아이가, 자신이 어디에도 오갈 데 없는 처지라는 사실을 스스로 민감하게 알아차린 걸까.

"키리토가 좋아하거나 갈 만한 장소, 혹시 짚이는 데

---

† 일본 국제협력기구(JICA) 소속으로, 개발도상국에 파견되는 청년 자원봉사단.

가 있나요?"

나는 머릿속에 떠오르는 장소들을 하나씩 읊기 시작했다. 키리토가 좋아했던 곳은 유자와야[†]의 단추 코너, 도큐핸즈[‡]의 펫숍, 기치조지 론론[♯] 어린이관에 있던 아이스크림 가게, 무라사키바시[✠] 다리의 벚꽃 가로수 길, 닭꼬치 전문점 이세야, 동물원의 코끼리 아저씨, 공원의 물새, 잡목림의 벤치, 종합운동장의 모래밭……

아……. 그것들은 토오코가 사랑했던 장소이기도 했다. 키리토가 좋아하는 장소들은 그대로 우리의 데이트 코스가 되곤 했다.

그 순간, 뇌리에 무언가가 스쳐 갔다. 키리토는 토오코와 내가 처음 만난 날 밤 함께 고양이를 묻었던 그 작은 나무 아래에 있는 건 아닐까? 두 사람은 소중히 여기던 곤충들의 사체나 부서진 장난감 등을 항상 그곳에다 묻어 주었다. 땅에 묻는 의식을 할 때마다 조약돌에 매직으

[†] 각종 수공예 재료를 취급하는 일본의 대형 전문 체인점.

[‡] 생활용품, 인테리어 소품, 잡화 등을 취급하는 대형 쇼핑몰.

[♯] 기치조지역에 있던 쇼핑몰. 현재는 '아뜨레 기치조지'로 이름이 바뀌었다.

[✠] 도쿄 미타카시와 무사시노시의 경계에 있는 다리. 수로를 따라 이어진 벚꽃 가로수 길로 유명하다.

로 묘비명을 적어 나무 밑동 쪽에 두곤 했다. 그래서 키리토는 소중한 것이 죽으면 모두 그곳으로 간다고 믿고 있는 게 아닐까? 나는 거의 확신했다.

"한 군데 짐작 가는 곳이 있어. 종합운동장에서 안쪽으로 쭉 들어간 곳. 빨리!"

우리가 달리고 또 달려 도착한 그곳에서, 예상대로 키리토는 나무 밑동 쪽에 엎드려 거의 나무를 껴안은 듯한 자세로 색색 숨소리를 내며 잠들어 있었다. 양손에는 돌멩이를 가득 쥐고, 속눈썹 끝에는 눈물이 말라붙은 자국이 남아 있었다.

7

깊은 잠에 빠져 있던 키리토를 히로가 업어 우리 집까지 옮겨 주었다.

"아아 다행이다, 정말 다행이에요."

히로는 몇 번이나 그렇게 말하며 눈물을 훔쳤다. 진흙투성이가 된 키리토의 손과 얼굴을 젖은 수건으로 닦아 준 후, 히로와 둘이 스크램블드에그와 커피로 아침 식사를 했다. 키리토가 잠에서 깨지 않도록 우리는 작은 소리로 대화했다.

"그런 곳, 저라면 절대 몰랐을 거예요. 그렇게 깊은 곳까지는 눈길이 안 가잖아요."

"사각지대니까. 겨울이 아니라서 천만다행이야."

"토오코 누나는 친척들이랑은 거의 교류가 없었어요. 저를 시민운동에 끌어들여 놓고도 자기 사생활 이야기는 일절 하지 않았고. 이 녀석에 대해 제일 잘 알고 있는 사람은 분명 가리 씨일 거예요."

"그럴지도 모르지."

"그래서 제가 생각해 봤는데, 키리토는 가리 씨가 맡아 주는 게 가장 행복하지 않을까요?"

어떻게 답해야 할지 나는 말문이 막혔다. 그 무거운 침묵에 하지 말아야 할 말을 했다는 사실을 깨달았는지 히로는 당황하며 방금 한 말을 급히 거두어들였다.

"아, 아니에요. 그냥 해 본 말이에요."

"나도 일이 있고, 게다가 육아 경험도 없어."

"죄송해요. 잊어버리세요. 바보 같은 말을 해 버렸네."

"나 혼자서는 어떻게 키워야 하는지도 모르고."

"아빠가 보육원을 알아보고 있길래, 제가 그만."

"무슨 말이야, 그게? 보육원이라니?"

나도 모르게 큰 소리를 내 버렸다.

"저도 울컥해서 물어봤죠. 그랬더니 어디까지나 와타리 마사유키를 찾을 때까지 일시적인 조치를 취하는 것뿐이라고, 키리토를 위해서라도 전문 케이스워커†가 있는

---

† 정신적·육체적·사회적 문제를 안고 있는 개인이나 가족을 대상으로 문제의 해결을 돕는 사회 복지 전문가.

시설이 더 나을 거라고 하더라고요."

"만약 와타리 마사유키를 평생 찾아내지 못하면 어떻게 되는 건데? 게다가 찾는다 해도, 데려가지 않겠다고 하면?"

"재판까지 갈 거라고 했어요. 만약 찾아내지 못하면 복지 전문가한테 맡기는 편이 키리토에게도 결국 좋은 일 아니겠느냐고요. 친척이라 하더라도 어느 집이나 사정이 있고, 애정도 없는 친척들 밑에서 크는 것보다는 나을 거라고 했어요. 그건 그럴지도 몰라요. 저는 그 이상 더 말할 자격도 없고요. 실제로도 저는 아무것도 해 줄 수가 없으니…… 어쩔 방법이 없죠."

자신의 무력함을 부끄러워하고 양심의 가책을 느끼며 고민하는 히로의 진지한 모습에 나는 인간적인 호감을 느꼈다. 그는 진심으로 키리토의 고통을 자신의 고통처럼 여기고 함께 아파하며 괴로워하고 있다.

너는 뭘 하고 있지? 그런 소리가 마음 깊숙한 곳에서 들려왔다. 못 들은 척하려 했지만 무리였다. 설령 피는 섞여 있지 않더라도 이 아이는 남이 아니었다. 와타리 마사유키의 아이도 아니다. 이 아이는 토오코와 나의 아이다. 어머니가 그렇게나 열망해서 이 세상에 태어난 기적 같은 아이다. 사실은 아니지만, 이것이 진실이었다.

진실을 외면하고도 너는 살아갈 수 있을까?

그러고도 토오코의 연인이라 말할 수 있을까?

"왜 그러세요?"

생각에 잠긴 내 얼굴을 히로가 걱정스럽게 살폈다.

"아니, 아무것도 아니야."

"아까 제가 한 말은 정말 신경 쓰지 마세요."

"알았어."

그 후 우리는 아무 말 없이 키리토의 잠든 얼굴을 바라보았다. 머리카락이 여름 정원의 잡초처럼 아무렇게나 자라 있다. 손톱은 오랫동안 손톱깎이로 다듬어 주지 않은 듯했고, 이빨로 물어뜯은 게 분명한 거친 흔적이 남아 있었다. 키리토의 잠든 얼굴은 어딘가 모르게 토오코의 잠든 모습과 많이 닮았다. 그 사실을 처음 깨달은 나는, 내 안에서 싹트는 압도적인 감정을 주체할 수가 없었다. 보고도 못 본 척하는 건 이제 불가능하다고 느껴졌다. 그냥 본능적으로 그렇게 느꼈다.

"갈 곳은 벌써 정해졌어?"

"지금 아빠랑 어른들이 찾아보고 있어요."

"만약 정해지면 알려 줘. 가기 전에 미용실에 데려가서 깔끔하게 해 줘야겠어. 미용사 친구가 있거든."

"꼭 알려 드릴게요. 감사합니다."

잠시 후 키리토는 울면서 눈을 떴다. 엄마, 엄마 하며 잠투정을 했다. 이 방 어딘가에 토오코의 향기가 희미하게 남아 있었던 걸지도 모른다.

"오우, 일어났군. 자, 가자."

히로가 안으려고 하자 키리토는 거부하며 피아노 밑으로 도망쳤다. 그런 식으로 이제는 없는 엄마의 환영에 반응하며 계속해서 엄마, 엄마 하고 울며 소리쳤다. 그렇군, 스타인웨이 건반이구나. 저기에 토오코가 있다는 느낌이 들었다.

"요즘은 엄마라는 말은 거의 안 했는데. 생각났나 보다."

나는 시험 삼아 토오코가 좋아했던 쇼팽의 녹턴을 한 곡 연주해 보았다. 그러자 키리토가 조금씩 울음을 그쳤다. 키리토는 피아노에 귀를 기울이고 있다.

"우와, 듣고 있어요!"

"그러네."

"피는 못 속인다더니. 피아니스트의 아들 맞네요."

나는 기분이 좋아져서 모차르트의 경쾌한 소나티네를 연주했다. 그러자 키리토는 마치 리듬을 타듯이 몸을 위아래로 흔들기 시작했다. 입가에 미소가 번지고 있다. 아무래도 이 곡이 마음에 드는 모양이다.

"대박! 이 녀석, 즐기고 있어요."

"응, 분명 음악을 좋아하는 걸 거야."

"이런 표정은 처음 봐요."

이 건반으로 연주하는 음악은 토오코의 자장가다. 건반에 스며 있는 토오코의 냄새, 토오코의 기억, 토오코의 생명의 반짝임을 키리토는 분명 알고 있다. 여든여덟 개의 건반 하나하나에 깃들어 있는 토오코의 영혼의 소리를 키리토는 분명 듣고 있다.

완전히 기분이 풀린 키리토에게 나는 프렌치토스트로 아침 식사를 차려 주었다. 키리토는 허기진 짐승처럼 허겁지겁 먹어 치운 후, 히로와 함께 돌아갔다.

혼자 남은 방에 키리토의 목소리와 피아노의 여음이 언제까지나 남아 있었다.

나는 수첩을 펼쳐 메모했다.

키리토가 좋아하는 것: 모차르트와 프렌치토스트.

그 후 며칠 동안은 아침부터 밤까지 피아노에 파묻혀 지내는 날들이 이어졌다.

오전 중에는 라흐마니노프를 연습하고 오후에는 스페인 음악을 연습하며, 밤에는 반주 일을 가는 것이 기본적인 생활 패턴이 되었다. 그 사이, 하루사메가 동물병원에서 퇴원해 집으로 돌아왔다. 나는 전갱이, 참치, 흰살생선, 닭가슴살, 치즈 등 하루사메가 좋아하는 음식을 부지런히 내밀며 환심을 사려 애썼지만, 하루사메는 번번이 불신이 가득한 눈으로 나를 올려다보며 망설이다 겨우 몇점 입에 대더니 절반이나 남긴 채 피아노 밑으로 휙 숨어버렸다. 고양이든 아이든 불안을 느끼면 피아노 밑에 숨고 싶어지는 모양이다.

어느 날 밤 카발리에 부부로부터 저녁 식사에 초대받았다. 하지만 나는 아직 사교 활동을 할 수 있는 얼굴 상태가 아니었기 때문에 '스페인 음악이 흐르는 밤' 이후에 기꺼이 자리를 함께하고 싶다는 내용의 정중한 편지를 써 이를 거절했다.

그 밖에 다른 일이 있다면, 지난번에 만났던 신부가 에이지 씨의 사무소를 통해 내 전화번호를 알아내 연락해 왔다는 것 정도이다.

"기억하고 계세요? 같이 〈캐논〉을 연주해 주셨었는데, 그때 그……."

그녀의 이름은 기억하기가 너무 힘들어서, 나는 그녀를 '캐논'이라 부르기로 했다.

"결혼 생활은 잘하고 있어?"

의례적인 인사치레로 안부를 물었지만, 사실은 연습을 방해받아 짜증이 났다.

"그 이후로 남편이랑은 한 번도 안 했어. 못 하게 됐어."

"왜?"

"당신한테 안기고 나서 몸이 그렇게 변해 버렸나 봐."

"어떻게?"

"남자의 거기가, 너어무 그로테스크하게 느껴져······. 아앙, 이런 말을 하게 하면 어떡해."

어휴, 나는 한숨을 쉬었다. 아침부터 몇 번이나 연습해도 이 악구가 제대로 쳐지지 않는다. 신들린 듯한 경이로운 기교를, 아무렇지 않은 듯 태연한 얼굴로 소화해 내야 한다. 시간 관계상 오케스트라와 맞춰 볼 기회는 공연 일주일 전 단 한 번뿐이다. 악보는 전부 외웠지만, 이제는 얼마나 더 소리를 가다듬고 필요 없는 군더더기를 덜어 내느냐가 관건이었다. 피아노는 손으로 치는 게 아니라 머리로 치는 것이다. 이렇게 중요한 시기에 너는 그따위 쓸모없는 이야기를 하려고 염치없는 전화벨 소리로 내 연주를 중단시켰다는 말인가.

"어떻게 책임질 거야? 결혼 당일에 여자한테 눈을 떠 버리다니."

"그렇게 말하면 곤란한데."

딱 잘라 전화를 끊을 수 없는 데에는 다 이유가 있었다. 나는 연주회가 끝나면 참을 수 없을 만큼 여자를 안고 싶어진다. 특히 라흐마니노프를 친 밤이라면 도저히 억누를 수 없을 것 같다고 직감했다. 이번에 함께 연주하는 오케스트라는 시민 오케스트라이기 때문에 그중에서 하룻밤 상대를 찾기란 쉬운 일이 아니다. 고정적인 파트너를 확보해 두는 것도 나쁘지 않겠다는 생각이 들었다.

"도저히 잊을 수가 없어. 좋아하게 된 것 같아."

"착각이야."

"착각인지 아닌지는 한 번 더 만나 보면 알겠지."

"두 번 자면 세 번 자고 싶어져. 세 번 자면 다시는 돌아갈 수 없고. 수렁에 빠질 거야. 나는 너한테 이혼을 강요하겠지. 어때, 무섭지?"

"그러니까, 이미 가정 파탄 상태라니까 그러네?"

"그럼, 이번에 콘체르토가 있으니까 보러 와."

"그 후에 만나 줄 거야?"

"한 번만이야."

나는 캐논에게 주소를 물어 티켓과 팸플릿을 보내 주기로 했다. 귀찮아지기 전에 정을 떼 놓아야겠다. 나는 남에게 미움받는 데에는 자신이 있다. 관록도 있었다. 남에게 환심을 사지 않는 데 특별한 재능을 가졌다.

그 비결은 자신만 사랑하는 것이다. 결코 타인을 필요로 하지 않는 것이다. 단 한 번의 예외가 토오코였다. 내가 나보다도 사랑하고 절실히 원했던 것은 토오코뿐이었다. 우메 여사의 경우, 그녀가 훨씬 더 많이 나를 사랑했다. 내 쪽에서는 어떤 감정도 되돌려줄 여지가 없을 정도로. 결국 은인일 수밖에 없는 사람이다.

나는 캐논과의 통화를 마친 후 전화를 부재중 상태로 세팅해 두고는 다시 라흐마니노프로 돌아갔다. 12시가 되자 피아노를 멈추고 물을 끓여 1.5인분의 파스타 면을 삶았다. 마늘과 올리브오일을 듬뿍 넣어 토마토소스를 만들고, 한가득 담아 놓은 채소 위에 집에서 만든 드레싱을 뿌렸다. 여기에 애플파이와 홍차를 두 잔, 벌꿀이 들어간 요거트까지. 라흐마니노프를 연주하고 나면 허기가 진다.

그 후로는 오후 연습이 시작된다. 마드리드의 한낮 무렵 그 돌길에 깔린 나른함을 핏속으로 불러들이기 위해, 연습 전에 안토니오 가데스† 무용단의 영상을 보거나 가

---

† 스페인의 국보급 무용가. 플라멩코를 현대적인 예술로 승화시킨 거장으로 평가받는다.

우디의 사진집을 감상하고, 투우의 파소도블레[†]를 듣기도 한다. 카르멘 리나레스[‡]의 플라멩코는 내 안의 스페인을 일깨워 주는 데 가장 효과적이다. 집시가 연주하는 기타 음색, 안달루시아의 목이 타는 듯한 흙먼지, 그 위로 펼쳐진 얼룩 한 점 없는 파란 하늘. 그 태양 빛 아래서 나는 땀을 닦으며 알베니스를 연주한다. 올리브 나무 그늘이 만들어 내는 서늘함을 갈망하듯 파야를 연주한다. 끝없이 펼쳐진 해바라기밭, 그 황금빛 바다의 가벼운 현기증 속에서 그라나도스를 연주한다.

해가 떨어질 무렵이면 나는 녹초가 되어 있다. 고양이에게 밥을 주고 모래를 갈고 나를 위한 진한 커피를 내리고, 두 손을 뜨거운 물에 수십 분 담가 풀어 준 후 화장을 하고 오토바이에 올라탄다. 어느 동네 주민회관에서 중국 민요 모임이 있으면 그 반주를 하러 가고, 다른 동네의 발렌단 리허설을 위해 〈호두까기 인형〉을 연주하러 간다. 어느 호텔 홀에서 빈 왈츠 댄스 행사가 열리면 요한

[†] 스페인의 전통 무곡. 투우사들이 입장할 때 연주되는 행진곡 풍의 정열적인 음악이다.

[‡] 스페인의 대표적인 여성 플라멩코 가수. 플라멩코의 전설로 여겨진다.

슈트라우스♯를 연주하고, 다른 호텔 연회장의 출판 기념 파티에서는 타키 렌타로♯를 연주한다. 아무 생각도 하지 않고 그저 담담하게 매일의 할 일을 해낼 뿐이다.

그런 식으로 봄의 끝자락부터 여름의 시작에 걸친 몇 주가 흘러갔다. 그런 나날들의, 일상 속의 아무것도 아닌 때, 사소한 어느 순간, 예를 들면 오토바이를 타고 신호를 기다릴 때나 악장과 악장 사이 무의식중에 어떤 상념이 불쑥 고개를 치켜들 때가 있었다. 그것은 죽은 자에 대한 추억이 아니라, 지금 살아 있는 어느 아이에 대한 것이었다. 키리토가 내 일상의 뿌리 깊숙한 곳까지 파고들려 하고 있었다. 정신을 차려 보면 나는 어느새 수첩을 펼쳐 메모를 하고 있다.

산모수첩을 찾을 것. 혈액형을 알아 둘 것.

콘체르토 공연을 열흘 앞둔 어느 날 아침, 히로에게 전화가 걸려 왔다. 키리토를 맡길 보육원을 드디어 정했

♯ 오스트리아의 작곡가. 〈아름답고 푸른 도나우〉 등 수많은 빈 왈츠를 남겼다.
♯ 메이지 시대 일본 근대 서양 음악의 선구자로 불리는 작곡가. 대표곡으로 〈황성의 달〉 등이 있다.

다는 이야기였다. 때마침 그날 밤은 반주 일이 없어 나는 일찌감치 연습을 마무리하고 약속대로 키리토를 테루짱의 미용실로 데려가기로 했다. 오후 5시로 예약을 하고, 나리마스역에서 키리토를 데리고 전철을 갈아타며 노기자카로 향했다.

키리토와 단둘이 전철을 타는 것은 처음이었다. 나도 쑥스러웠지만 키리토도 마찬가지인 것 같았다. 키리토는 여느 아이들이 그러하듯 창문에 볼을 바짝 붙이고는 차창 밖 풍경에 정신이 팔려 있었지만, 이따금 갑자기 생각이 난 듯 나를 돌아보며 방향을 확인하는 차장처럼 손가락으로 가리키며 말했다.

"가리, 가리!"

가리가 여기에 있다고 얼굴을 확인하는 듯하다.

"자, 이제 갈아타야 해. 이리 와."

놓치면 안 되니 손을 잡고 걸었다. 어떤 박자에 잡았던 손을 놓게 될 때면 키리토는 불안해하며 바로 나의 손을 찾았다. 그 조그마한 손가락이 내 손가락을 꼬옥 움켜쥐는 감각은 그리 나쁘지 않았다. 마음이 말랑말랑해지는 느낌이었다.

키리토를 보자 테루짱은 얼굴을 환하게 밝히고는 껑충껑충 점프하며 한걸음에 달려왔다.

"테루, 테루!"

키리토도 빵긋빵긋 웃으며 주특기인 얼굴 확인을 한다.

"항상 하던 바가지 머리로 부탁해."

"네가 데리고 온 거야? 혼자서? 와우, 별일이 다 있네."

"일은 몇 시에 끝나? 셋이서 밥 먹지 않을래?"

"그럼 6시까지 기다려 줘."

테루짱이 가위를 들자 키리토는 몰라보게 귀여워졌다. 자연 갈색 머리인 데다 고양이 털처럼 부드럽게 처지는 모발이라 순식간에 프랑수아 트뤼포†의 영화에 나올 법한 프랑스 꼬마처럼 변했다. 나는 다시금 테루짱의 기술과 감각에 감탄했지만, 가만히 있지 못하는 아이를 그토록 얌전하게 다루며 자신의 페이스로 끌어들이는 모습에 더욱 놀라 버렸다. 나라면 이곳저곳 상처투성이로 만들었을 텐데.

"키리짱, 오늘은 다른 엄마랑 왔네?"

키리토를 자주 본 듯한 미용사가 알사탕을 주며 머리를 쓰다듬었다.

"엄마는 일 갔지요. 그렇지, 키리토?"

---

† 프랑스의 영화감독이자 작가. 누벨바그를 이끈 거장으로, 영화사에 작가주의라는 사조를 널리 퍼뜨렸다.

테루짱이 자연스럽게 거들었다.

"엄마, 일. 엄마, 일."

키리토는 몇 번이나 자신에게 다짐하듯 반복하며 말했다.

6시가 되자 뒷정리하는 테루짱을 기다리며 우리는 밖으로 나왔다.

"자, 뭘 먹을까?"

"키리토는 라멘을 좋아하지?"

"라멘, 라멘!"

키리토가 라멘이라는 말에 바로 반응해 버렸기 때문에 저녁 메뉴는 라멘으로 결정됐다.

"베이비시터 하면서 인스턴트 라면만 먹인 건 아니겠지?"

"무슨 소리야. 얘 그런 거 안 먹어. 제대로 된 가게 라멘밖에 안 먹거든? 토오코가 그렇게 키웠나 봐. 정크푸드는 안 먹도록."

"그러고 보면 과자도 별로 안 먹였었지."

"응. 철저했어."

토오코는 아이를 낳기 전에는 먹는 것에 그다지 마음을 쏟는 편이 아니었다. 요리도 서툴렀고 외식도 잦았다. 단지 살이 찌지 않도록 칼로리 계산에만 신경을 조금 쓰는 정도였다. 그랬던 사람이 엄마가 되고부터는 180도 변한 것이다. 균형 잡힌 영양소를 가장 중요하게 생각했고, 다른 건 없어도 녹황색 채소와 달걀, 우유만은 떨어지지 않도록 했다. 무첨가·무농약 제품만 고집했고, 하루 세끼를 직접 만들어 먹이는 듯했다.

"그런데, 무슨 일 있어? 갑자기 셋이서 밥을 다 먹자고 하고."

키리토가 화상을 입지 않도록 뜨거운 면을 후후 불며 먹여 주고 있던 테루짱이 문득 생각난 듯 말했다.

"다음 주에 보육원으로 간대."

순간 테루짱의 젓가락이 허공에 멈췄고, 금방이라도 울 것 같은 얼굴로 얼어붙었다.

"와타리 마사유키는 아무 데도 없어. 흥신소도 두 손 두 발 다 든 모양이야."

"나야말로 알고 싶다. 벌써 프랑스를 뜬 건가?"

"일본에 있는 흔적도 없다나 봐."

"그렇다고, 키리토 친척이 그렇게나 많은데?"

"어느 집에나 사정은 있고, 전문 사회복지사가 있는 곳이 키리토한테도 더 좋을 거라나."

"뭐라는 거야. 웃기지 말라고 해."

늘 온화한 테루짱이 큰 소리로 말하자 키리토는 조금

놀란 듯했다.

"그래도 돼……? 가리, 너는 그래도 괜찮아?"

"안 괜찮지만…… 친척들이 정한 거니까."

키리토가 국물을 흘리자 테루짱은 손수건으로 닦아 주며 입을 다물었다. 만두가 나오자 잘게 잘라, 마찬가지로 후후 불며 키리토의 입안으로 넣어 준다. 탕츠†로 국물을 떠 호호 불어 먹여 주기도 한다. 그토록 바지런한 돌봄은 거의 가족에 가까운 것이었다.

"다정한 아빠구나."

접시를 치우러 온 가게 아주머니가 자기도 모르게 말을 걸 정도였다. 키리토는 어리둥절해 하고 있었다. 키리토의 사전에 아빠라는 말은 존재하지 않을 테니까. 나와 테루짱은 마주 보며 쓸쓸한 미소를 지었다.

"그러네. 이 광경은 내가 무신경한 엄마가 된 상황이네."

"있잖아, 키리토. 테루의 아이가 되는 건 어때?"

"오, 그거 괜찮은 생각인데?"

키리토는 영문도 모르면서 뭐가 그리 즐거운지 나와

---

† 국물을 마시는 용도로 쓰이는, 바닥이 깊고 넓은 중국식 숟가락.

테루짱을 번갈아 보며 앙글방글 웃었다.

"오늘 밤은 우리 집에서 자고 가지 않을래?"

가게를 나오며 테루짱이 아쉬운 듯 입을 열었다.

"음, 그럴까?"

"나는 키리토랑 잘 테니까, 너는 소파에서 자."

"흥, 알았어."

나는 히로에게 전화를 걸어 내일 집으로 데려다주겠다고 말하며 키리토의 외박을 허락받았다. 히로는 허를 찔린 듯한 목소리로 말하면서도 흔쾌히 승낙해 주었다.

테루짱은 고마자와 공원 근처의 작은 아파트에 살고 있었다. 역 앞 드러그스토어에서 산 키리토의 종이 기저귀를 들고서 집 안으로 들어섰다.

"남자 집에서 자는 건 처음이네."

"나도 집에 여자를 재우는 건 처음이야."

"흠, 내 방보다 깨끗하잖아?"

"너 B형이지? 난 A형이라구."

갑자기 방문했는데도 그곳은 스물여덟 살 솔로 남성의 방이라고는 생각되지 않을 만큼 깔끔하게 정돈되어 있었다. 심플하고 세련된 가구와 식기, 깨끗한 주방, 기분 좋은 욕실. 자세히 보니 슬리퍼에도 수건에도 머그잔에도 곰돌이 푸 그림이 그려져 있었다.

"저기, 곰돌이 푸 좋아해?"

"내 아이돌이야."

"혹시 키리토한테 곰돌이 푸 바지 준 적 있지 않아?"

"그거 너무 귀엽지? 두 살 생일 선물로 준 거야."

테루짱은 곧바로 〈곰돌이 푸〉 비디오를 보여 주고는 키리토를 씻겨 주었고, 한바탕 몸싸움을 하며 놀아 준 후에 자장가를 불러 주며 재웠다. 아주 청량하고 높은 목소리였다.

"그거 무슨 노래야?"

"제목은 몰라. 찬송가 같은데, 옛날에 마사유키가 자주 불렀어."

"그 사람 크리스천이었어?"

"교회에는 안 나가는 크리스천이었지."

키리토는 금방 새근새근 숨소리를 내며 잠들었다. 테루짱은 잡고 있던 키리토의 손을 살며시 놓고는 스탠드 조명을 껐다.

"맥주라도 마실래?"

"좋지."

곰돌이 푸 파자마를 입은 테루짱과 조용히 맥주를 마시고 있으니, 어쩐지 그가 남동생처럼 느껴졌다. 나에게는 남동생은 없고 여동생뿐이지만 말이다.

"키리토는 마사유키 씨랑 닮았어?"

"응. 점점 더 닮는 것 같아."

"토오코보다?"

"나는 아빠를 닮았다고 생각해."

"사진 갖고 있으면 좀 보여 줘."

"미안. 전부 버렸어."

테루짱은 아주 쓸쓸하게 웃었다. 네 남자는 아직 이 세상 어딘가에 살아 있는 것만으로도 감사할 일이라고 생각했지만, 물론 그 말을 입 밖으로 꺼내지는 않았다.

"그 후로 새로운 남친은 생겼어?"

"만들고 싶지도 않아. 마사유키가 너무 강렬했거든."

"외롭지는 않고? 하룻밤 상대라든가, 만들고 싶어지지 않나?"

"그런 짓 했다가는 나중에 더 허무해지는걸. 사랑 없는 섹스는 안 해."

"자제력이 강하네. 나는 안 되더라고. 저번에 사랑 없는 섹스를 해 버렸어."

"어쩔 수 없지. 그렇게라도 안 하면 버티기 힘들 테니."

"아무 느낌도 안 들 줄 알았는데, 그 와중에도 기분은 좋더라."

"솔직한 사람이구나. 다행이네. 기분이 좋았다니."

"토오코가 죽은 지 아직 석 달도 안 지났는데."

"초조해 하지 마. 3분짜리 모래시계가 다 떨어지는 데 2분만 걸릴 리 없고, 4분이 걸리는 일도 없잖아. 3분짜리 모래시계는 정확히 3분에 떨어지게 돼 있어. 가만히 기다리는 수밖에 없지."

토오코를 잃어버린 슬픔이 치유되려면 도대체 몇 년짜리 모래시계가 필요할까. 그렇지만 테루짱의 말이 맞다. 그저 시간이 가기를 기다릴 수밖에 없는 일들이 세상에는 존재하는 법이다.

"연인한테 버림받을 바에야 차라리 사별하는 편이 낫겠다고 생각한 적이 있는데 그렇지가 않네. 마사유키랑 이제 다시는 만나지 못하더라도, 어딘가에 살아 있기만 하면 된다고 지금은 생각해."

우리는 쌍둥이 남매처럼 아주 닮아 있었다. 몸속 같은 부위에서 똑같은 아픔을 공유하며, 같은 별 아래서 한쪽 날개로만 살아가고 있다. 이 세상에서 영원히 이방인으로 살아갈 수밖에 없다는 사실을 깊이 이해하고 있다. 찢어진 한쪽 날개의 상처를 슬플 정도로 잘 알고 있다.

"몇 번이나, 몇 번이나, 몇 번이나 고민했어."

"키리토에 대해서?"

"사고가 났던 밤에 토오코가 전화해서 키리토를 부탁

했어."

나는 그날 밤에 걸려 온 기묘한 전화에 대해 말했다.

"너라면 어떻게 할래?"

"나라면 유괴해서라도 보육원에는 안 보낼 거야."

"그렇게 말할 것 같았다."

무서운 꿈이라도 꾸는 모양인지 키리토가 갑자기 칭얼거리기 시작했다.

"괜찮아, 괜찮아."

테루짱은 부서지기 쉬운 물건이라도 다루듯 키리토를 소중히 꼬옥 끌어안고는 보드랍게 속삭이며 토닥여 준다.

"이럴 때는 가슴이 있으면 좋겠어."

"꼬추가 있잖아."

"그런 건 도움이 안 돼. 이럴 때는 가슴이 최고야."

게이의 모성애는 바다보다 깊다고 하던데, 말 그대로 이 사람에게는 당해 낼 수 없을 것 같았다. 테루짱은 정말로 모성 본능 그 자체인 사람이었다.

그날 밤은 옆 방에서 테루짱이 자장가로 부르는 찬송가를 들으며 잠에 들었다.

8

콘체르토 공연을 일주일 앞둔 리허설에서 나는 처음으로 오케스트라 단원들과 한 명 한 명 인사를 나눴다. 리허설은 토요일 오후 3시부터, 공연은 다음 주 오후 6시로 예정되어 있었다. 토요일 정오에 공연장으로 들어서자, 나의 피아노 조율사가 이미 무대 위에서 마지막 조율을 하던 참이었다.

"나 헨리 소네자키는 스타인웨이 조율밖에 하지 않습니다."

항상 그렇게 말하는 이 남자는 아주 조금은 전설적인 인물이다. 피아니스트를 꿈꾸며 줄리아드 음대에서 공부하던 무렵, 피아노라는 악기에 몸도 마음도 빼앗겨 버린 그는 연주 행위보다도 조율이라는 과정에 강하게 이끌렸고, 지금은 완전히 방향을 틀어 버렸다. 뉴욕 스타인웨이

사에서 10년간 기술을 갈고닦은 후 프리랜서가 되어, 지금은 일본 전역의 스타인웨이 공연장에서 완벽한 소리를 끌어내기 위해 여정을 거듭하는 생활을 하고 있다. 괴짜지만 기술 하나는 틀림없어 다섯 손가락 안에 꼽힌다. 누가 보아도 토종 일본인이며 본명은 소네자키 타로라고 하는데, 왜인지 자기를 헨리 소네자키라고 말하고 다닌다. 참고로, 부인은 바버라 소네자키라고 한다.

그가 말하길, 대량 생산하는 야마하 같은 건 피아노가 아니라고 한다. 그의 스타인웨이를 향한 편애는 거의 편집증에 가까운 수준이며, 스타인웨이가 있는 곳이라면 어떤 깊은 산골짜기든 초등학교 강당이든 공구 상자를 들고 출동한다. 공연 때는 물론이거니와 집에 있는 악기의 정기 검진도 그에게 줄곧 맡겨 왔다. 벌써 15년이 넘도록 알고 지내는 사이다.

"이 피아노는 죽기 직전이었군요. 가엾게도, 벌써 몇 년 동안 제대로 조율을 받지 못했어요."

내 얼굴을 보자마자 그는 애처로운 듯 콧수염을 떨며 말했다.

"이제 살아났나요?"

"네, 어떻게든 칠 수는 있겠지만 공연 전에 한 번 더 꼼꼼히 봐야겠지요."

"잘 부탁드려요."

"잘 돌아왔어요, 낭자."

헨리는 급히 옷소매를 정돈하고는 정중하게 오른손을 내밀었다.

"공연장에 온 걸 환영해요. 기다리고 있었습니다."

나는 수줍게 그의 나비넥타이를 고쳐 매 주었다. 그는 15년 전부터 나를 '낭자' 또는 '아가씨'라고 부르고 있다. 나뿐 아니라 훌륭하다고 생각하는 여성 피아니스트는 모두 그렇게 부르는 듯하다. 일본을 방문한 알리시아 데 라로차[†]를 보고도 그렇게 불렀다. 그에게 있어 '낭자'란 남성 피아니스트를 부르는 '마에스트로'에 해당하는 친애와 존경을 담은 호칭이라고 한다. 그러니까 헨리에게 '낭자'라고 불리는 것은 대단한 영광이다.

"자, 이제 연습하시지요. 조금은 걱정이 되니 리허설이 끝나고 다시 조율해 봅시다."

헨리는 대기실로 올라갔다. 오케스트라 사람들과 만나기 전에 이곳 피아노에 손가락을 길들여 놓아야 한다. 나는 의자를 조절하고 언제나처럼 가볍게 걸터앉아 천천

† 스페인의 세계적인 피아니스트. 특히 스페인 피아노 음악 연주에 있어서 독보적인 인물로 평가받는다.

히 손을 움직이기 시작했다. 한숨 같은 피아니시모부터 천둥 같은 포르티시모까지, 생각한 대로 소리가 울려 퍼진다. 강하고, 깊고, 명징하게 울리는, 틀림없는 스타인웨이 소리였다. 역시 헨리다.

드디어 오케스트라 단원들이 하나둘 모이기 시작했다. 첼로가 현을 쓸고, 금관악기 섹션에서 소리가 들려온다. 목관악기가, 타악기가, 그 선율에 올라탄다. 바이올린과 비올라가 하모니를 연주한다. 이윽고 홀 전체가 이제부터 시작되려는 음악을 향한 기대감에 몸을 떨며 하나의 카오스로 합쳐진다.

"가리, 오랜만이다!"

뒤에서 누군가 말을 걸어 돌아보니 대학 시절 동기가 지휘봉을 들고 서 있었다.

"우와, 사루하시! 네가 지휘하는 거야?"

"작년에 모스크바에서 돌아온 후부터 몇 군데인가 시민 오케스트라에서 활동하고 있어."

"이제는 잘나갈 텐데. 너도 참 대단해."

"요즘 이름을 통 못 들었는데, 어떻게 지냈어?"

만약 내가 정말로 연주회장에 돌아오게 된다면 이 질문을 몇 번이고 듣게 될 것이다. 충전 좀 했다는 둥 그럴싸한 말로 얼버무리는 건 내 방식이 아니었다. 나는 거의 반사적으로, 아무런 생각도 없이 이렇게 말해 버렸다.

"잠깐 애를 좀 만드느라고."

"우왓, 진짜?"

왜 그런 말을 했는지는 모르겠다. 그 주변을 어슬렁거리던 토오코가 내 머릿속으로 들어와 언어중추를 조작한 건지도 모른다. 나에게는 보인다. 객석에서 오케스트라가 연습하는 모습을 지켜보며 나를 기다리고 있는 아이의 모습이. 그리고 그 아이의 뒤로, 이제는 환영이 되어버린 아이의 엄마가 걱정스러운 듯 붙어 서 있는 것이. 알겠어, 토오코. 그렇게 걱정하지 않아도 돼. 나에게는 들린다. 라흐마니노프 사이사이로 울리는, 멀리서 혼선된 전화 소리가. 이 귓가에서 단 한 순간도 떠나지 않는 토오코의 비통한 울음소리가.

"다시 처음부터. 가리, 멍하니 있지 마."

"미안합니다!"

어느샌가 연습이 시작되었다. 나는 30분도 채 되지 않아 예전의 감을 되찾았다. 콘체르토에서는 오케스트라에 지지 않을 소리, 오케스트라를 관통하며 선명하게 솟아오르는 피아노 선율의 능선을 그려 내야만 한다. 나는 폭포처럼 피아노를 두드렸다. 스타인웨이의 크리스털 톤이 맑게 울려 퍼진다.

"좋아, 가리! 훌륭해!"

지휘대에서 사루하시가 당실당실 춤을 추고 있다. 그렇다는 것은 곧 괜찮은 연주라는 뜻이겠지. 저 남자는 옛날부터 눈에 띄게 좋은 연주가 나올 때면 춤을 추며 지휘봉을 휘두르는 습관이 있다.

"자, 자! 더 크게!"

콘체르토에서만 맛볼 수 있는, 오케스트라와 함께 음을 빚어낸다는 환희가 내 온몸을 휩쓸고 지나간다. 오케스트라를 이끌며 솔로 파트를 연주할 때의 황홀감 또한 각별했다. 다시 강렬한 포르티시모. 갑자기 타앙 하고 권총을 쏜 듯한 큰 소리가 홀에 울려 퍼졌다. 피아노 줄이 끊어진 것이다. 헨리가 바로 날아왔다. 그 자리에서 줄을 교체한다.

"본 공연 때가 아니라 다행이군. 역시 낭자의 손가락은 보통이 아니군요."

물론 피아노 줄이 끊어지는 건 손가락 힘 때문만은 아니지만, 헨리는 항상 그런 농담을 하곤 했다. 예전에 베토벤의 〈황제〉를 연주했을 때 본 공연 도중에 줄을 끊어 버린 적이 있다. 그 악장은 남은 두 줄로 연주했지만, 그 후 헨리는 내가 공연을 할 때면 홀을 한시도 떠나지 않고 자

리를 지켜 준다.[†]

10분 후에는 아무 일도 없었다는 듯 리허설이 재개됐다. 그러나 줄이 끊어지기 전과 후는 분명히 무언가가 달라져 있었다. 소리가 제대로 뻗어 나가지 않고 오케스트라에 묻혀 버릴 것 같다는 불안감이 끊임없이 나를 위축시켰다. 몇 번인가 음을 놓치고, 너무 빨리 내달리고, 오케스트라와 타이밍을 제대로 맞출 수가 없었다. 더 최악인 것은 왼손 새끼손가락이 떨려 오기 시작했다는 것이다. 나는 불안해진 나머지 연주에 집중할 수가 없었다. 무슨 이유에서인지 나는 피아노 줄이 끊어지면 반드시 진창에 빠져 버리는 징크스가 있다.

"가리, 당황하지 마. 늘 하던 대로 하면 돼."

사루하시는 여유로운 표정을 짓고 있지만, 오래 알고 지낸 사이인 나는 알 수 있다. 그는 나의 몇 년 동안의 공백기에 어렴풋한 불안을 느끼고 있다. 시작이 너무나도 좋았기 때문일까, 갑작스러운 붕괴에 콘서트마스터[‡]도 단원들도 모두 같은 마음이라는 것을 느꼈다.

[†] 피아노의 중고음부 건반에는 세 개씩 줄이 달려 있어, 줄 하나가 끊어져도 연주를 할 수 있다.

[‡] 관현악단의 제1 바이올린 수석 연주자. 지휘자의 의도를 단원들에게 전달하며 악단 전체를 조율하는 역할을 한다.

결국, 그날은 마지막까지 엉망진창인 상태로 끝이 났다. 나는 본 공연 당일 오후에 한 번만 더 리허설을 해 달라고 간곡히 부탁할 수밖에 없었다.

그 후로 매일 밤 악몽에 시달렸다.

나는 뉴욕 카네기홀에서 라흐마니노프 피아노 협주곡 제3번을 연주하고 있다. 이제 곧 문제의 포르티시모에 접어든다. '아, 줄이 끊어지겠어' 하고 생각하며 조심해야겠다고 마음먹어도, 지금껏 갈고닦아 온 포르티시모라 나도 모르게 있는 힘껏 건반을 눌러 버린다. 예상대로 무시무시한 굉음을 내며 줄이 끊어진다. 그대로 연주를 이어가려 하지만, 끊어진 줄이 다른 줄 위에 가로놓여 노이즈가 끊이지 않는다. 공연 중임에도 불구하고 헨리가 달려온다.

"끊어진 줄을 처리하고 노이즈를 없애 주세요. 저는 이대로 계속 남은 줄로 연주할게요."

눈짓으로 말해 본다.

"오옷, 이건 야마하잖아. 나 헨리 소네자키는 야마하는 조율하지 않습니다."

헨리는 그렇게 외치며 그대로 사라져 버린다. 어쩔 수 없이 그 상태로 연주를 이어 가지만, 소리들이 너덜너덜

하게 무너져 내린다. 지휘자가 매서운 눈으로 노려본다.

"못 해 먹겠네."

콘서트마스터도 혀를 차며 말한다. 관객이 하나둘 공연장을 빠져나간다. 그러는 사이 또 다른 줄이 끊어진다. 나는 무서워서 강한 음을 치지 못한다. 모든 음을 피아니시모로 연주해 버리고 마는 것이다. 그런데도 또 다른 줄이 끊겨 날아갔다. 객석에서 토마토가 날아든다. 날달걀도 함께 날아든다.

"어떻게 책임질 거지?! 단 한 벌뿐인 턱시도인데!"

고함을 지르며 오케스트라 단원들이 차례차례 무대를 내려간다.

지휘자까지 지휘봉을 내던지고, 나는 결국 혼자 남았다. 오직 혼자서 콘체르토를 연주하고 있다. 모든 음을 아슬아슬한 피아니시모로만 연주한다. 줄은 계속해서 끊겨 나가고, 객석에는 이제 아무도 없다. 끝내 무대 조명마저 사라진다.

어둠에 덮인 공연장은 꼭 밤바다 같다. 파도 소리가 들려온다.

아니, 그건 파도 소리가 아니다. 내가 연주하는 라흐마니노프다.

나는 기분 나쁜 식은땀을 흘리며 눈을 떴다. 어슴푸레한 어둠 속에서 왼손을 들어 올려 본다.

지금 당장이라도 누군가에게 전화해 이런 꿈을 꿨다고, 나의 나약함을 비웃고 싶다. 하지만 누군가에게 전화를 걸기에는 아직 너무나 이른 시간이었다. 오전 5시 30분. 전화를 해도 화내지 않을 곳은 신문 지국뿐이겠지. 하지만 내게 신문 배달원 친구는 없다.

다시 잠들기도 어려워 나는 침대에서 일어나 뜨거운 샤워를 했다. 우유가 다 떨어져 대신 차가운 화이트 와인을 마셨다. 상쾌하게 눈이 떠진다. 두려움을 이기려면 연습밖에는 답이 없다. 그렇지만 아무리 방음 설비를 잘 갖추어 놓았어도 이런 시간에 피아노를 칠 수는 없었다.

하루사메는 피아노 밑에 있는 상자 안에서 마치 악어가 콧노래를 부르는 듯한 소리로 코를 골며 깊이 잠들어 있다. 꼬리를 잡아당겨 봤지만 꿈쩍도 하지 않는다. 수염을 당겨 봐도 일어나지 않는다. 고양이와도, 라흐마니노프와도, 살아 있는 인간과도 이야기를 나눌 수 없다면 망자와 이야기를 나누는 수밖에 없다. 나는 토오코의 유품 상자를 열었다. 아무것도 할 수 없는 이런 어중간한 시간에 토오코의 유품을 바라보는 건 나의 습관이 되었다.

주제별로 색을 달리해 구분해 놓은 취재 노트가 몇

권이나 튀어나온다. 예를 들면, 빨간색 노트에는 일본군 위안부 피해자들을 오랫동안 인터뷰한 기록이 적혀 있다. 토오코는 집요하게 어느 피해 여성의 궤적을 쫓고 있었다. 몇 년에 걸쳐 정기적으로 인터뷰를 했고, 그것을 읽고 있으면 취재 대상이 나이 들어 가는 모습이 눈에 그려진다. 그리고 인터뷰 진행자인 토오코와 그 한국인 여성 사이의 끈끈한 유대감 같은 것, 입장이나 나이를 뛰어넘은 우정 같은 것이 생겨나는 모습도 보여, 나는 무심코 미소 짓게 된다.

김씨 성을 가진 그 한국인 여성은 당연한 이야기지만 일본이라는 나라를 깊이 증오하고 있다. 처음에는 토오코에게도 그 증오심을 내비치며 취재에 제대로 응해 주지 않았다. 하지만 끈질기게 찾아가 그녀의 고통을 자신의 고통처럼 여겨 주는 토오코의 진지하고 성실한 태도를 보며, 완고했던 할머니의 마음은 점차 두꺼운 갑옷을 벗기 시작했다. 끝 무렵에는 거의 할머니와 손녀 사이 같은 돈독한 정이 행간에서도 배어 나온다.

피아노 연주가 연주자의 인격을 잔혹하게 드러내 버리듯, 문장에는 작가의 인격이 고스란히 새겨지는 듯하다. 문장 한 줄 한 줄에 모두 토오코가 있다. 생기 넘치고 또렷한 흔적들이 여기저기 흩어져 있다. 그녀가 창작자였다는 사실에 나는 신께 감사해야 한다. 소리는 사라지지만 글은 남는다. 토오코가 남긴 노트를 읽으며, 나는 떠난 그녀를 다시금 가깝게 만날 수 있는 것이다.

"음악은 한순간에 사라져 버리기에 영원히 마음속에 남는단다."

리리아 선생님도 샤란스키 선생님도 그런 말씀을 하셨던 것 같다. 그러한 연주를 한 번이라도 할 수 있다면 나는 그 자리에서 죽어도 여한이 없다. 연주를 들은 사람이 레코드를 트는 게 아니라, 나중에 눈을 감고 몇 번이나 추억하게 되는 피아노를 치고 싶다.

아침 8시가 되었다. 나는 피아노 앞에 앉았다.

항상 이런 식으로 토오코의 위로를 받으며 의욕을 되찾는다.

히로가 난처한 목소리로 전화를 걸어온 것은 공연 바로 전날 저녁이었다.

보육원에 데려가기 위해 키리토를 차에 태우려고 했지만, 예민하게 뭔가를 눈치챈 듯 아무리 해도 차에 타려하지 않는 모양이었다. 엄청난 기세로 날뛰는 바람에 이대로라면 큰일 날 것 같아 아이가 진정될 때까지 잠시 함께 있어 줄 수 없겠느냐는 이야기였다.

"저번에 하룻밤 자고 돌아온 후로는 얼마간 아주 평온했거든요. 무척 즐거웠나 봐요. 그런데 저희 가족끼리는 이제 감당이 안 돼서요. 아주 잠시, 한 시간 정도라도 괜찮은데……."

"알았어. 데리러 갈게."

아무리 공연 전날이라 하더라도 그냥 내버려둘 수는 없었다. 아이를 그 지경까지 몰아간 히로의 가족들이 원망스러웠다. 나는 피아노 뚜껑을 덮고 오토바이에 올라탔다. 전철을 타기에는 아까운 해 질 녘이었다. 오랜만에 바람 속을 달리고 싶었다.

팩스로 미리 지도를 받아 둔 덕분에 히로의 집은 금방 찾을 수 있었다. 알기 쉽게 지도를 그리는 능력은 실로 보기 드문 재능이지만, 키리토의 찢어질 듯한 울음소리가 골목까지 메아리치고 있었기 때문에 그 소리를 따라간 것이기도 하다.

키리토는 내 얼굴을 보자 튕겨 나오듯 달려왔다. 이미 진탕 울고 난 후라 지쳐 축 늘어져 있다가, 나의 등장으로 겨우 진화되었던 감정에 다시 불이 붙은 것 같았다. 부은 눈으로, 쉰 목소리로, 온 힘을 다해 울려고 한다. 우는 사람도 지치지만 그 울음을 받아 주는 사람은 더 지친다. 히로의 어머니도, 누나도, 아버지도, 히로도, 모두 진이다 빠져 있었다. 그들 앞에서 나는 조심스레 키리토를 안았다.

"이러니까 꼭 우리가 아동학대 하는 것 같잖아."

"이웃에서도 그렇게 말하더라니까. 못 참겠어, 정말."

"이렇게 성질 나쁜 애는 본 적이 없어."

"토오코가 너무 오냐오냐 키워서 그런 게 아닐까? 엄마랑 애, 달랑 둘뿐이었으니까."

그 집 사람들은 어찌나 억울함이 쌓여 있었던지, 내가 도착하기만을 기다렸다는 듯 날카로운 말투로 온갖 불평을 쏟아 냈다. 아이를 때리지는 못하니 그렇게라도 하지 않으면 분이 풀리지 않을 것처럼 보였다. 내가 할 수 있는 일은 그들의 불평을 그저 가만히 들어 주는 것뿐이었지만, 그래도 토오코의 험담은 참을 수 없다.

"다들 그만해."

나를 대신해 히로가 가족들을 제지했다.

"그럼, 잠시 데리고 가겠습니다."

"죄송해요. 잘 부탁드려요."

"이제 돌려보내 주지 않으셔도 돼요."

어머니가 말하자 모두 웃었지만, 나와 히로는 웃을 수 없었다. 그건 정말이지 질 나쁘고 고약한 농담이었다. 나는 어린 시절 토오코의 고독과 슬픔을 절실하게 이해할 수 있었다. 이 집에서 토오코는 멕시코로 떠나 버린 아버지의 험담을 들으며 자랐을지도 모른다. 아버지가 아무리 밉더라도 큰아버지나 큰어머니가 자신의 아버지를 욕하는 것은 참기 어려웠을 게 분명하다. 이 집에 토오코가마음 놓고 올 수 있는 장소는 있었을까. 토오코는 자주소리 내지 않고 울곤 했는데, 그것은 이 집에서 몸에 밴가슴 아픈 습관이었을지도 모른다.

"그러세요? 그러면 당분간 제가 데리고 있겠습니다."

간신히 그렇게 말한 나는 대답도 듣지 않고 키리토를데리고 밖으로 나왔다.

밖으로 나와 근처 어린이 공원에 데려가도 키리토는여전히 훌쩍대고 있었다. 시린 저녁노을이 양배추밭 위로떨어져 코로[†]의 풍경화처럼 아름다웠다. 바람의 빛깔은달금하고 여름을 잉태하고 있었다.

"키리토, 오토바이 태워 줄까?"

찜부럭이 날 때는 이게 제일이지. 사실은 고속도로가최고지만 둘이 타면 잡혀가서 안 되고, 일반 도로로 만족해 줘. 진짜 사실은 일반 도로에서도 위험한 건 마찬가지

[†] 장 바티스트 카미유 코로. 프랑스의 화가. 풍경화 분야에서인상주의의 발판을 마련했다.

지만 오늘은 특별히 허락해 주지. 널 위해 영구결번 지정석을 내주도록 하겠어.

"타고 싶어?"

"부웅, 부웅!"

어쩐지 흥미를 보이는 것 같으니, 우선은 헬멧을 구해야 한다. 오토바이 용품점은 없었지만 스포츠용품점이 있었다. 뭔가 대용품이 없을지 찾아보니 딱 제격인 물건이 눈에 들어왔다. 하시모토 세이코[‡] 선수가 사이클 경기에 출전할 때 자주 쓰던, 타원형 밥그릇을 뒤집어 놓은 듯한 모양의 헬멧이다. 제일 작은 사이즈도 키리토에게는 너무 컸지만 이것조차 없는 것보다야 낫겠지. 유도복을 고정할 때 쓰는 띠도 사서 그걸로 키리토를 단단히 동여맸다.

"꽉 잡아야 돼. 손 놓으면 안 된다."

시동을 걸고 최대한 천천히 출발했다. 키리토는 엄청난 힘으로 내 몸에 달라붙었다. 무서워하나 싶어 뒤돌아보니, 반짝반짝 눈을 빛내고 있다.

"신나? 재미있어?"

[‡] 1980~1990년대에 활약했던 스피드 스케이팅, 사이클 선수. 동·하계 올림픽에 모두 출전해 메달을 땄다.

"우와와아아아아, 오오오오오오!"

키리토는 이루 말할 수 없는 포효를 내질렀다. 나는 조금씩 속도를 올리며, 되도록 차가 적은 길을 골라 목적지도 없이 그저 내달렸다.

나리마스, 아카즈카, 도시마엔, 네리마. 나카무라바시 근처에서 어두워지기 시작했다. 샤쿠지이로 접어들 무렵 어쩐지 키리토가 너무 조용해 뒤돌아보니 나에게 기댄 채 잠들어 있었다. 달리고 있는 오토바이에서 잠들 수 있다니, 아이들은 이래서 대단하다.

"야, 야. 이런 데서 자지 마."

샤쿠지이에서 세키마치를 지나 기치조지까지. 나는 잠든 아이를 안고 아파트로 돌아왔다.

키리토를 침대에 눕히고 저녁을 차리기 시작했다. 크림 스튜라면 어린아이도 먹을 수 있겠다 싶어 화이트소스를 만들었다. 고양이에게 주려고 마련해 둔 닭가슴살을 사용했고, 당근도 감자도 양파도 먹기 쉽도록 잘게 썰었다.

키리토가 일어날 때까지 피아노를 치기로 했다. 내일 공연에 대비해 조금이라도 마음이 편해지면 좋겠다. 하지만 연주를 시작하자마자 자지러지는 울음소리를 내며 키리토가 잠에서 깼다. 금방 그치겠지 하고 내버려두었지만, 피아노를 치면 칠수록 키리토는 기분이 점점 더 나빠지는 것 같았다.

"알았어. 배고파서 그러지? 밥 먹자."

나는 피아노 연습을 포기하고 스튜를 그릇에 담았다. 테루짱이 했던 것처럼 숟가락으로 떠 후후 불어 가며 입으로 가져갔지만, 뭐가 마음에 안 드는지 키리토는 숟가락을 낚아채 벽에 던지고 그릇은 바닥으로 내동댕이쳤다.

"뭐 하는 거야!"

나도 모르게 소리를 지르자, 더 심하게 울부짖으며 테이블 위에 올려 둔 컵과 밥그릇, 빵을 모두 내게 내던지고, 의자를 발로 차고, 관엽식물 이파리를 쥐어뜯었다. 어린아이가 날뛴다는 건 이런 것이었다. 내 낯빛이 바뀌는 걸 보고는 스튜 냄비를 일부러 피아노를 향해, 나의 스타인웨이를 향해 힘차게 날려 버린다.

"그만 좀 해!"

건반이 스튜로 엉망진창이다. 악보에도, 메트로놈에도 스튜가 튀었다. 나를 더 격분하게 한 것은 키리토의 눈빛이었다. 영악하게 내 반응을 살피면서, 화를 내면 낼수록 끝없이 기어오르며 더욱 곤란하게 만들어 주겠다는 사악한 눈이었다. 한 마리의 악마가 그 안에 살고 있는 게 분명하다.

나는 무심결에 손을 올렸다. 머리를 때리려다 겨우 감정을 억누르고 엉덩이를 때렸다. 키리토는 미친 듯이 울어 댔다. 현관까지 달려가 일부러 문을 반쯤 열어 놓고는 밖에서도 들릴 만큼 크게 소리를 질렀다.

"엄마, 엄마! 엄마아아! 엄마아아!"

목에서 피가 나도 이상하지 않을 소리였다. 나리마스에서 그렇게나 울어 댔으면서 아직도 이렇게 울 힘이 남아 있다니. 아마 그는 슬퍼서 우는 게 아닐 것이다. 슬픔보다는 분노에 가까운 감정이 스스로 통제할 수 없을 만큼 부풀어 올라 이토록 엄청난 에너지를 불태우고 있는 게 아닐까? 아빠는 처음부터 없었고, 이제 또다시 엄마마저 무참히 빼앗겨 버렸다는 사실. 이 부조리한 세상을 향해, 키리토 나름의 이의 제기를 하고 있는 게 아닐까?

"엄마는 이제 없어. 일하러 간 게 아니라고. 네 엄마는 죽었어. 그렇게 울어 봤자 아무도 널 데리러 오지 않아!"

말을 하니 나까지 눈물이 터졌다. 키리토도 불쌍하지만 나도 불쌍하다는 생각이 들었다. 이런 아이를 두고 죽어야만 했던 토오코는 훨씬 더 불쌍했다.

"알겠어. 엄마가 그렇게 보고 싶으면 데려가 줄게. 같이 엄마 있는 곳으로 가자."

나는 울부짖는 아이의 멱살을 움켜쥐고 강제로 끌고

가 오토바이에 태웠다. 키리토는 거세게 저항하며 도망치려 했다. 나는 키리토가 떨어지지 않도록 짐 포장용 로프로 내 등에 단단히 동여매고는 오토바이를 몰았다.

내가 무시무시한 얼굴을 하고 있었다는 사실을 나는 눈치채지 못했다. 키리토의 목소리는 이미 갈라질 대로 갈라져 히끅히끅 하는 가느다란 숨소리를 내는 게 고작이었다. 이윽고 축 늘어져 움직일 수 없게 되자 무언가를 포기한 듯, 무언가에 겁먹은 듯, 작은 몸이 미세하게 떨리기 시작했다. 이노카시라 공원, 고슈카이도 대로, 그리고 토오코가 살던 빌라 앞을 지나, 밤의 칠흑 같은 어둠 속을 내달린다. 내 귓가에 슈베르트의 〈마왕〉이 들려왔다. 사랑스러운 아이야, 나와 함께 가자꾸나. 아버지, 아버지, 마왕이 저를 붙잡아 가요.

시야 저편에 제3 게이힌 국도 표지판이 보였다. 나는 망설이지 않고 고속도로를 탔다. 요금소 직원이 뒤에 있는 아이를 수상히 여기며 무어라 말했지만 아무것도 들리지 않았다. 나는 엄청난 속도로 빛의 끝자락을 향해 질주했다.

요코하마에서 고속도로를 빠져나오자마자 나는 곧장 바다로 향했다. 불빛이 조금씩 사라지고 바닷물의 짠내가 코를 찔렀다. 마왕은 여전히 속삭이고 있었다. 한 자

락 해안선이 눈에 들어왔다. 나는 액셀을 끝까지 돌리고
는, 어두운 밤바다를 향해 그리고 토오코를 향해 눈을
감았다.

그 순간, 바다 1미터 앞에서 내게 급브레이크를 잡게
한 것은 과연 무엇이었을까? 등 뒤에 실신해 있는 아이의
체온이었을까? 피아노를 향한 집착이었을까?

아니, 브레이크를 잡은 건 내가 아니다. 토오코였다.

토오코에게 호되게 뺨을 맞은 후에야 나는 겨우 정신
을 차렸다.

"미안, 토오코…… 미안해……."

토오코가 사고로 죽은 것은 요코하마에서 돌아오던
길, 제3 게이힌 국도를 빠져나온 직후였다는 사실을, 그때
나는 처음으로 깨달았다.

나는 예고도 없이 바로 고마자와 공원 근처 테루짱의
집으로 쳐들어갔다.

다행히 그는 집에 있었고, 우리의 심상치 않은 모습을
보고는 아무것도 묻지 않고 안으로 들여보내 주었다. 키
리토에게는 따뜻한 우유를, 나에게는 뜨거운 홍차를 내
준다. 키리토는 더 이상 울지도 않고 테루짱에게 응석을
부리며 착 달라붙어 있다. 홍차를 다 마시고 내가 진정이

되자 테루짱은 빨래를 개며 입을 열었다.

"무슨 일이야? 지금 막 지옥에라도 다녀온 얼굴인걸."

"오늘 밤만 키리토를 좀 맡아 줄래? 아침에 데리러 올
게."

"좋아. 그런데 왜?"

"아까 결심했어. 이제 그 집에도 보육원에도 보내지
않을 거야."

"알았어."

말하기 곤란한 것은 꼬치꼬치 캐묻지 않는다는 게 테
루짱의 장점이었다.

"그럼 내일 공연은 키리토랑 같이 보러 갈게."

"고마워."

"근데, 바다에 다녀왔어?"

"엇, 그건 어떻게?"

"키리토 머리에서 바다 냄새가 나니까."

테루짱은 키리토의 머리를 껴안고 사랑스럽다는 듯
냄새를 맡았다. 그 애정 어린 몸짓을 보고 있으니, 방금
내가 저지르려고 한 죄를 무언으로 꾸짖고 있다는 느낌
이 들었다.

"아기들 몸은 꼭 스펀지 같아. 냄새든 뭐든 쫘악 흡수
하잖아."

"있잖아, 아기가 그렇게 귀여워?"

"나는 아이들을 좋아하는 편이긴 하지만, 키리토는 더 특별해. 이 애를 위해서라면 웬만한 일은 다 할 수 있어."

"나는 너만큼 이 애를 사랑할 수 없을 것 같은데. 자신이 없어."

"가리, 너 정말 솔직하구나. 세상살이를 잘도 해 왔네."

"차라리 네가 키우는 건 어때?"

그때 그가 보인 눈빛은 도저히 잊을 수가 없다. 경멸스럽다는 듯한, 아주 싸늘한 눈이었다. 평소 서글서글하고 다정다감한 남자가 그런 눈으로 쏘아보자 나는 몹시 부끄러워졌다.

"새끼 고양이 넘기듯 쉽게 말하지 마. 애정이 없으면 시설로 보내는 게 맞지."

"애정은 있어. 다만 어떻게 사랑해 줘야 할지 모르겠어."

"바보 아냐? 입혀 주고, 먹여 주고, 꼭 안아 주면 되는 거야. 그냥 그렇게만 하면 돼. 자기가 부모한테 받은 걸 똑같이 해 주면 되는 거라구."

테루짱의 말에는 엄청난 설득력이 있었다. 이 사람이 하는 말은 언제나 간단하고 이해하기 쉬웠다. 거짓이 없었다. 조금 대화한 것만으로도 어깨의 힘이 빠져나간다. 이 사람이 없었다면 나도 키리토도 균형을 잃고 몇 번이나 무너져 내렸을 게 분명하다.

9

다음 날 아침, 나는 7시에 집을 출발해 8시에 테루짱의 집에서 키리토를 데리고 나와 맥도날드에서 아침을 먹인 후 10시에 연주회장에 도착했다. 리허설은 2시부터였지만 엊저녁에는 거의 피아노를 치지 못했기 때문에 조금이라도 더 손가락을 움직여 두고 싶었다.

테루짱은 일이 있고 히로도 아르바이트를 해야 해서 키리토를 맡아 줄 사람은 아무도 없었다. 집에서 둘만 있는 것보다는 연주회장에서 놀게 하는 편이 더 낫겠다고 생각했지만, 두 살짜리 남자아이가 얼마나 뽈뽈거리며 잘 쏘다니는지 그때의 나는 아직 알지 못했다. 잠시라도 눈을 돌리면 순식간에 어딘가로 사라져 버렸다. 밖을 어슬렁거리다가는 차에 치일 위험이 도사리고 있고, 무대 뒤에는 조명 자재가 놓여 있어 그 또한 위험하기는 마찬가지였다. 한순간이라도 눈을 뗄 수가 없어 도저히 피아노에 집중할 수 없었다.

나는 고육지책으로 한 가지 방법을 생각해 냈다. 밑져야 본전이라고, 캐논을 조금 빨리 불러내기로 한 것이다. 캐논이 어젯밤 부재중 전화 녹음함에 "내일 공연 기대하고 있을게"라는 메시지를 남겨 둔 것으로 보아 어차피 이곳으로 오는 게 틀림없었다.

"조금이라도 빨리 얼굴이 보고 싶은데……. 지금 당장 올 수는 없어?"

"어머, 아침부터 불타오르네. 어쩐 일이야?"

"남편이 보내 주지 않으려나?"

"남편은 골프 친다고 벌써 나갔어."

"빨리 보고 싶어. 얼른 와."

"알았어. 한 시간 안으로 갈게."

"그렇게 오래 못 기다려. 45분 안에 와 줘."

"한번 해 볼게."

캐논은 정말 45분 만에 도착했다. 오자마자 아이를 보고는 의아한 얼굴을 했다.

"이 애는 누구야?"

"내 애. 키리토라고 해. 잘 부탁해."

"가리 씨, 바이섹슈얼이었어?"

"사실은 레즈비언이지만 딱 한 번의 실수로 생겨 버린 애야."

"귀여워라. 가리 씨랑 닮았어."

나는 굳이 아니라는 말은 하지 않았다.

"이따가 진득하게 서비스해 줄 테니까, 잠시 놀아 주지 않을래?"

"알았어. 이리 와. 엄마를 방해하면 안 돼요."

감사하게도 캐논은 아이를 좋아하는 것 같았다. 키리토는 상냥한 누나를 본능적으로 알아보고는 붙임성 좋게 딱 달라붙었다. 덕분에 나는 겨우 한숨을 돌리고 마지막 연습을 할 수 있었다.

하지만 그것도 그리 오래가지 않았다.

"어떡해. 키리토가 쉬야를 해 버렸어."

그 소식에 연습이 중단되었다.

"엇, 기저귀 사는 거 깜빡했다."

"괜찮아. 내가 사 올게."

캐논은 한걸음에 달려 나갔다. 찝찝해서 울어 대기에 젖은 기저귀를 벗겨 주었고, 키리토는 아랫도리를 홀라당 벗은 채 캐논을 기다렸다.

"안녕하십니까. 오오, 이건?!"

그때 헨리 소네자키가 조율을 하기 위해 등장했는데,

아랫도리를 발가벗은 키리토를 보고는 곧바로 눈이 휘둥
그레졌다.

"숨겨 둔 아이예요. 신경 쓰지 마세요."

"30분 후에 조율을 시작하겠습니다. 잠깐 실례하겠어
요."

헨리는 양은 도시락을 꺼내 점심을 먹기 시작했다. 키
리토는 배가 고픈지 군침을 삼키며 헨리를 빤히 쳐다보
았다.

"낭자, 이 아이는 지금 배가 고픈 게 아닐는지?"

나는 머릿속이 라흐마니노프로 꽉 차 있었다. 헨리가
조율을 시작하면 더 이상 피아노를 칠 수 없다. 마지막
30분 동안 피아노에 딱 달라붙어 있고 싶었다.

"밥은 준 건가요?"

"죄송해요. 시간이 없어요. 이걸로 뭐라도 좀 만들어
주시겠어요?"

나는 집을 나올 때 냉장고에서 쓸어 온 식료품이 담긴
종이봉투를 헨리에게 건넸다. 식빵, 햄, 치즈, 양배추, 피
클 등이 들어 있을 터. 공연 당일은 밥 먹을 시간이 거의
없으므로 대개는 그런 걸 갖고 다니며 언제든 먹을 수 있
도록 준비해 둔다.

"나는 조율사입니다. 조리사가 아니란 말입니다."

그렇게 말하면서도 헨리는 키리토를 위해 샌드위치를 만들어 주었다.

나는 캐논이 돌아온 것도, 키리토가 웃고 있다는 것도 알아차리지 못했다. 공복도, 두려움도 느끼지 못했다. 그 어중간한 시간 동안, 나는 음악으로 가득 차 있었다.

2시에 리허설이 시작되자 키리토는 칭얼거리지도 않고 눈을 빛내며 음악에 빠져들었다.

"가리의 애가 분명하네. 이걸 보니 진짜라는 걸 알겠어."

사루하시가 말했다.

"역시 피아니스트의 자식이네요."

오케스트라 단원들도 신기해 할 정도였다.

지난번 처참히 무너져 내렸던 연주가 마치 거짓말인 것처럼 나는 완전히 컨디션을 회복했다. 더 이상 줄을 끊어 먹지도 않았고, 왼쪽 새끼손가락이 떨리는 일도 없었다. 키리토가 저기에 있는 것만으로, 토오코도 함께 있어 주는 듯한 느낌이 들었다. 그것만으로도 나는 자신감을 되찾았다.

그날 밤 공연에는 생각지도 못한 인물이 나타났다.

"지금 가리 씨 앞으로 엄청난 꽃다발이 하나 와 있는

데요."

대기실에서 화장을 하고 있는데 접수 안내원이 구태여 꽃다발을 보여 주겠다며 찾아왔다. 나는 한눈에 우메 여사가 왔다는 걸 알았다. 방울방울 떨어지는 피처럼 붉은 진홍색 장미 백 송이. 안개꽃 같은 군더더기는 일절 없이, 오직 장미 백 송이만을 같은 색 리본으로 심플하게 묶은 고혹적인 꽃다발이었다. 이렇게 세련된 꽃다발을 주는 사람은 그리 많지 않다. 내가 데뷔 독주회를 열었을 때부터 우메 여사는 공연 때마다 같은 꽃다발을 보내 주었다.

"저, 그게……. 그분, 링거를 꽂고 계시던데요."

나는 화장도 내팽개치고 대기실에서 객석까지 한걸음에 달려 나가지 않을 수 없었다. 자유석이지만 우메 여사가 앉는 자리는 늘 정해져 있어서 어디인지 바로 알 수 있었다.

예상대로 객석 오른쪽 맨 뒷줄에 우메 여사는 앉아 있었다. 그 모습을 보자마자 눈물이 쏟아졌다. 우메 여사는 턱시도 정장을 입고 있었다. 거의 다 빠지고 반 이상 백발이 되어 버린 머리도 깔끔하게 7 대 3 가르마로 정리되어 있었다. 안내원의 말대로 왼팔에는 링거 줄이 늘어져 있고 오른손으로 지팡이를 짚고 있었다. 그렇게나 거대하던 아카사카의 점보는 병마와 그 가혹한 치료 탓에 이전의 3분의 1 정도로 몸이 쪼그라든 것처럼 보였다.

"우메 여사……. 병원에서 몰래 나온 거야?"

우메 여사는 나를 보자 장난기 가득한 소년처럼 윙크를 했다.

"간호사 한 명을 꼬드겨 놨거든. 간단한 일이야."

"아프지는 않아? 괴롭지는 않고?"

"모르핀을 듬뿍 맞아 두었지. 걱정 말거라."

"그렇지만, 그 링거……."

"밥을 못 먹게 돼서 말이야. 큰일이지 뭐냐. 이런 거 그냥 포도당일 뿐인데. 수액이 진한 건지 이쪽 혈관이 막힌 건지는 모르겠다만 괜히 시간만 더 걸리고. 하루 종일 이 상태야. 이제 익숙해져 버렸다. 인간이란 웬만한 일에는 다 익숙해지기 마련이야."

"턱시도, 정말 멋있어."

"전별(餞別)을 위한 거니까. 네가 부활하는 이날만을 기다려 왔지."

소중히 간직해 온 턱시도로 돌팔이 의사의 메스에 난도질당해 깡마르고 초라해진 몸을 감싸고는, 죽음의 늪에서도 댄디즘을 잊지 않는 우메 여사의 모습에 나는 가슴이 저려 왔다. 이 사람에게 사랑받았다는 사실은 평생의 자랑이다. 이 사람과 보낸 세월은 무엇과도 바꿀 수 없는 재산이었다. 별안간 그런 생각이 강하게 휘몰아쳐 나는 우메 여사의 손을 꼭 잡았다.

"바깥세상은 참 좋구나. 도쿄는 아름다워. 어디를 가든 나무가 있고 꽃이 피어 있어. 가게들도 많고 사람들로 북적거리고 말이야. 게다가 이제 곧 가리의 피아노 콘체르토도 들을 수 있다니. 오랜만에 정말 기분이 좋군. 행복하구나."

"아프면 바로 사람을 불러. 알았지?"

"이제 가 봐라. 얼굴이 엉망이 되겠어."

"돌아갈 때는 택시로 데려다줄게. 기다려 줘."

나는 캐논에게 우메 여사의 옆에 앉아 신경을 써 달라고 부탁하고는 대기실로 돌아왔다. 눈물로 화장이 엉망이 돼 다시 고치고 있는데, 이번에는 다른 안내원이 급하게 달려왔다.

"실례합니다. 잠시 나와 주실 수 있으세요?"

로비에 나가 보니 테루짱이 지배인과 실랑이를 벌이고 있는 참이었다.

"가리! 키리토는 못 들여보낸대!"

"죄송합니다만, 어린아이는 다른 손님들에게 방해가 돼서……."

"이 애는 괜찮아요. 조용히 듣고 있을 거예요."

나는 확신에 찬 목소리로 말했지만, 지배인은 아무래도 믿을 수 없다는 눈치였다. 캐논의 말에 따르면, 키리토가 아까부터 소리를 질러 대며 로비를 뛰어다녔던 모양이고, 그 모습을 지배인이 보았던 것 같다. 그때 사루하시가 다가와 말했다.

"제가 보장하겠습니다. 이 애는 괜찮아요."

그렇게 가슴에 손을 얹고 단호하게 말해 준 덕분에 키리토는 연주회장에 입장할 수 있게 되었다.

생각해 보면 나도 지금까지는 미취학 아동을 연주회장에 들여보내지 않는 조치를 당연하다고 여겨 왔다. 어린아이란 그 자리에 있는 것만으로도 언제 소란을 피울지 몰라 늘 조마조마했다. 〈엄마와 함께〉[†]밖에 본 적이 없는 아이라면 클래식 음악은 금세 지루해 할 게 분명하다. 키리토는 유전적인 영향도 있겠지만 토오코가 늘 피아노곡을 들려주었기에 환경의 영향도 있으리라. 아이라고 해서, 떨어뜨리면 바로 깨져 버리는 진짜 식기로 먹이지 않고 플라스틱 그릇만 쓰게 하면 시간이 아무리 지나도 매

[†]   일본 NHK에서 1959년부터 방영 중인 2~4세 어린이를 위한
교육 프로그램.

너가 몸에 배지 않는 것과 같은 이치다.

공연은 정각에 막이 올랐다. 그것은 작은 거리의 작은 시민 오케스트라가 여는 작은 음악회에 지나지 않을지도 모른다. 하지만 그것은 특별한 연주회였다. 토오코에게 보내는 진혼곡이 라흐마니노프의 선율에 통주저음‡처럼 깔려 있었다. 음을 틀리지 않겠다거나 멋있게 연주해야겠다는 생각은 한순간도 들지 않았다. 이렇게 무아지경에 빠져 피아노를 친 것은 태어나서 처음이 아닌가 싶을 정도였다.

나는 피아노에 한없이 빠져들었다.

사루하시는 계속 춤을 췄다. 그의 몽키 댄스ǂ는 악장과 악장 사이에서만 일시적으로 중단될 뿐이었다. 연주가 끝났을 때 사루하시도, 콘서트마스터도, 오케스트라 단원들도 모두 울먹이고 있었다. 헨리와 에이지 씨도 무대 옆에서 눈물을 흘리고 있었다. 객석에 있을 키리토를 눈으로 좇았지만, 눈에 안개가 낀 듯 아무것도 보이지 않았다. 커튼콜을 몇 번이나 받았는지 모르겠다.

‡ 음악이 연주되는 내내 계속되는 저음 반주. 곡 전체의 토대를 이룬다.

ǂ 사루하시(猿橋)의 사루(猿)는 일본어로 원숭이를 의미한다. 춤추는 듯한 지휘 모습을 친근하게 표현한 것.

"가리, 체력은 아직 괜찮아? 앙코르 연주는 할 수 있 겠어?"

사루하시의 재촉에 무대로 돌아가자, 해명(海鳴) 같은 박수 소리가 나를 맞아 주었다. 나는 리스트의 〈콘솔레 이션(위로)〉과 토오코가 좋아했던 쇼팽의 녹턴을 연주했 다. 단 한 사람, 오직 토오코만을 위하여.

대기실에 들어가자 낯선 사람들로부터의 악수와 꽃다 발들이 나를 기다리고 있었다. 우메 여사를 보러 로비에 갔을 때 이미 그녀는 어디에도 없었다.

"바로 돌아가셨어. 앙코르 연주도 안 들으시고."

옆에 앉아 있던 캐논이 말해 주었다.

"상태가 안 좋아 보였어? 힘들어하지는 않으셨고?"

"전혀. 그렇지만 울고 계셨어. 1악장부터 계속."

그 사람에게 칭찬받기 위해 피아노를 치던 시절이 있 었다는 사실을 캐논에게 알려 주고 싶었다. 하지만 그 말 은 하지 않았다. 캐논은 입을 맞추고 싶어했다. 나도 그녀 의 몸을 원했다.

그때 테루짱이 키리토를 안고 다가왔다. 우리는 둘 다 어딘지 긴장해 우물쭈물하고 있었다. 캐논이 테루짱을 가만히 쳐다보더니 입을 열었다.

"혹시 키리토의 아버지 되시나요?"

"그런 걸로 해 둘게요."

"키리토는 잘 듣고 있었어?"

"응. 피는 못 속이나 봐."

키리토는 눈을 게슴츠레 뜨고 있었다. 조금 졸린 것 같다.

"이제부터 뭐 하게?"

"이 사람이랑 약속이 있어."

"키리토 밥 먹여야지. 알고는 있어?"

테루짱이 돌연 신경을 곤두세우며 말했다.

"응, 알지."

"모르는 것 같은데? 아이를 키운다는 게 어떤 의미인지 전혀 모르고 있어. 여자 친구랑 데이트하는 건 네 자유지만 아기 밥 먹이는 건 잊으면 안 되지. 아이는 혼자서는 못 먹으니까."

공연 직후에, 하물며 아주 훌륭한 연주를 한 후에 누군가 내게 호통을 치는 건 무엇보다도 견디기 힘든 일이다. 나는 나도 모르게 발끈했다.

"잠깐. 너한테 그런 말을 들어야 할 이유는 없을 텐데. 이 애는 내가 맡기로 했고 책임이 있다는 사실 정도는 알고 있어. 그래도 지금 막 연주를 마치고 온 사람한테 그런 말투로 이야기하는 건 뭐냐고. 너는 여운이라는 걸 몰라? 머리 자르고 '네, 끝났습니다' 하는 거랑은 달라. 그렇게 금방 기분을 딱 바꿀 수 있는 게 아니라고. 라흐마니노프를 연주하면서 저녁밥 반찬 따위를 생각할 수 있을 리가 없잖아!"

"그건 그냥 너의 일방적인 사정이고. 아이한테 그런 사정은 필요 없어. 항상 정해진 시간에 밥을 먹이는 일이 육아라는 거야. 아기 밥보다 피아노가 더 중요하다면 아이를 키울 자격 따위 없어. 최소한 배가 고프지 않도록 해 주는 게 부모의 의무니까!"

테루짱도 가만히 듣고만 있지는 않았다. 이렇게 감정적인 모습을 보는 건 처음이었다. 하지만 나도 물러서지 않았다.

"키울 자격이라니! 잘난 듯 떠들지 마! 그럼 너는 어떤데! 키리토를 위해서라면 웬만한 일은 다 할 수 있을 것 같다더니, 정작 책임져야 할 일은 아무것도 안 하는 주제에. 그렇게 키리토가 귀여우면 네가 맡아서 키우면 됐잖아? 너한테도 일이 있듯이 나한테도 일이 있어! 외부인이 이러쿵저러쿵 참견하지 마!"

"거 봐. 결국 너는 네가 맡아 키우기 싫은 거잖아. 애정은 요만큼도 없지. 그렇다면 보육원에 맡겨야지. 나중에 마음 다치는 건 결국 키리토니까!"

"시끄러워! 두 번 다시 내 앞에서 보육원이라는 말 꺼내지 마. 키리토 앞에서도!"

"아재처럼 소리 지르지 마. 너, 여자잖아? 왜 좀 더 부드러운 말투는 못 쓰는 걸까, 정말. 키리토가 깜짝 놀라잖아!"

"너야말로 히스테리 부리는 여자처럼 소리치지 마! 남자면 남자답게 말해!"

"네가 더 여자답지 못하거든? 이런 엄마가 세상에 어디 있냐구! 키리토는 토오코 같은 다정한 엄마 밑에서 자랐어. 훌륭한 어머니였지. 이런 칠칠찮은 여자 밑에서 자랐다간 키리토가 엇나가겠어!"

"칠칠찮아서 미안하네. 나한테는 내 방식이 있고 나도 열심히 하고 있어. 토오코처럼은 아무도 못 할 거야. 그건 너라도 못 할걸? 이제 토오코는 없으니까, 어디에도 없으니까, 이런 나라도 참고 견뎌야지 뭐 어쩌겠냐고!"

'이제 토오코는 없으니까'라는 말에서 눈물이 났다. 흥미진진한 듯 상황을 지켜보던 캐논이 살며시 손을 잡아 주었다. 다음 순간, 생각지도 못한 일이 일어났다. 테루짱에게 안겨 있던 키리토가 나의 눈물을 보고는 오구오구 하며 머리를 쓰다듬어 준 것이다.

"오구오구……. 가리……. 착한 아이, 착한 아이."

말이 느린 키리토가 잘 돌아가지 않는 혀로, 얼마 되지도 않는 단어 중에서 골라낸 말은 나의 눈물샘에 스며들었다.

"미안……. 말이 너무 심했어."

테루짱의 눈에도 눈물이 고였다.

"부부싸움은 이제 끝났나요?"

캐논의 말에 우리는 씁쓸하게 웃었다.

"어머, 싫어라. 이런 여자랑 부부라뇨."

"내가 할 말이야. 누가 끼순이†랑 결혼을 한다고."

"그런 차별적인 표현은 삼가 줄래?"

"끼순이를 끼순이라고 하지."

"흥. 넌 정말이지 입도 성질도 더럽다니까."

"자, 자, 진정들 하시고."

캐논이 끼어들었다.

"그런데 왠지 죽이 잘 맞는 콤비라는 느낌인걸. 잘 어울려."

그렇게 말하며 우리를 놀려 댔다.

---

† 원문은 '오카마(オカマ)'. 일본에서 남성 동성애자나 여성적 기질을 가진 남성을 비하하는 멸칭이다. 한국어판에서는 여성적인 성향의 게이를 일컫는 은어인 '끼순이'로 옮겼다.

"그래서, 두 분은 무슨 사이인 거죠?"

"아무 사이도 아니에요."

"두 분 중 누가 키리토의 진짜 부모인 거예요?"

"둘 다 아니에요."

"그럼 진짜 부모님은 어디에?"

"엄마는 천국. 아빠는 행방불명. 참고로 그 두 사람은 게이랑 레즈비언이고, 우리는 각각 그들의 파트너였어."

"와, 신기해라! 정말 흥미진진한걸!"

캐논은 진심으로 흥미로워했다.

"그러면 차라리 위장 결혼을 해 버리면 될 텐데."

"엥? 그게 뭐야?"

"동성애자들이 종종 하는가 봐. 세간의 시선을 피하기도 하고, 어떻게든 아이를 갖고 싶은 사람들도 있으니까. 그렇지만 둘의 경우엔 아이를 만들지 않아도 완전 이득이지."

"굳이 그럴 필요가 있나? 그렇지?"

"맞아. 무슨 의미가 있는 거야?"

"그야 생판 남인 아이를 맡아 키우는 거잖아? 부부가 되는 편이 입양하기도 더 쉽지 않겠어?"

나도 테루쨩도 동시에 서로의 얼굴을 쳐다봤다. 입양. 위장 결혼. 세간의 눈을 속이는 일. 그런 말은 우리 머릿속에는 전혀 없는 것이었다. 그런 건 단 한 번도 생각해 본 적이 없다. 테루짱도 마치 새로운 혜성을 발견해 낸 천문학도 소년처럼 놀라워하고 있다.

"우와, 생각도 못 했네!"

"입양이라니! 위장 결혼이라니!"

"그도 그럴 게 혼자서 아이를 키운다는 건 여간 힘든 일이 아니야. 그래서 다들 결혼하는 거잖아. 보통 사람들은."

"그래? 그런 거였구나!"

"태평한 사람들이네, 정말. 맡아 키운다는 건 호적에 올린다는 말이잖아?"

나는 여태껏 호적에 올린다고는 생각도 해 본 적이 없었다. 그냥 키리토가 장성할 때까지 키워 주기만 하면 된다고 생각했을 뿐이다. 엄마 노릇을 할 생각도 없었고, 언제까지나 가리라고 불러 주면 그만이라고 생각했다. 이시카리 쿄코와 나루시마 키리토가 한 지붕 아래에서 함께 살아가기만 하면 된다고 여겼다. 명목상의 보호자는 그 친척들이라 하더라도 양육비는 내가 지원할 생각이었다.

"어린이집에 보내는 것도 여러 가지로 절차가 복잡한가 보더라구."

나와 테루짱은 서로를 바라보며 한숨을 쉬었다. 남의

아이의 부모가 된다는 건, 사회적 굴레에서 벗어나는 삶을 살 수 없게 되는 일임을 처음으로 깨달았다.

결국 그날 밤 캐논과의 정사는 연기되고 말았다. 넷이 함께 패밀리 레스토랑에서 식사를 한 후, 키리토와 둘이서 집으로 돌아왔다.

"우리 집에서 자고 갈래?"

캐논을 꼬셔 봤지만 아무리 그래도 새 신부에게는 불가능한 제안이었다. 그런 유혹을 한 것은 물론 섹스라는 매력적인 이유도 있었지만, 어쨌든 키리토와 자는 건 처음이어서 아이를 어떻게 재워야 할지, 밤에 울면 어찌할지 몰랐기 때문이다. 하지만 처음의 걱정은 기우로 끝이 났다. 키리토는 너무 지쳤는지 레스토랑에서도 밥을 먹으며 졸 정도였고, 심지어 오토바이 뒷좌석에서도 곤히 잠들어 있었다. 나는 자는 아이를 안아 올려 침대로 옮기기만 하면 됐다.

다음 날 아침, 고양이와 놀고 있는 키리토의 목소리에 잠이 깼다. 하루사메의 건식 사료를 함께 먹고 있는 모습에 깜짝 놀라, 황급히 키리토에게 프렌치토스트를 만들어 주어야 했다. 하루사메는 키리토가 꼬리와 수염을 계속 만져 대 심기가 불편해 보였다. 키리토가 가까이 다가

가면, 우리 밖으로 달아나는 토끼처럼 재빠르게 도망치
곤 했다.

　식사를 마친 후 나는 키리토를 데리고 세이유[†]에 가서
당장 필요한 생활필수품들을 샀다. 어린이 파자마, 갈아
입을 티셔츠, 바지, 속옷, 양말, 칫솔, 종이 기저귀. 키리토
의 이불도 필요했다. 구멍 난 운동화를 신고 있어서 신발
도 사 주었다. 식기는 소꿉놀이 같은 플라스틱 용기를 쓰
게 하고 싶지 않아서 나와 같은 도자기 그릇을 사용하게
했지만, 곧 후회만을 남겼다. 며칠도 채 지나지 않아 비젠
야키[‡] 접시를 두 개, 리차드 지노리[‡·] 컵 한 개를 깨뜨리고
만 것이다.

　나는 낮 동안에는 피아노 연습을 해야 하므로 키리토
에게 계속 매달려 있을 수만은 없었다. 그동안 키리토를
얌전히 붙잡아 두기 위해 디즈니 비디오테이프를 몇 개나
구매했다. 제일 좋아하는 시리즈는 〈판타지아〉로, 이걸
틀어 주면 몇 시간은 연습에 집중할 수 있었다. 월트 디즈

[†]　일본의 대형 슈퍼마켓 체인점. 식료품부터 생활용품까지 다
　　양한 물건을 저렴하게 판매한다.
[‡]　일본 오카야마 현에서 생산되는 전통 도자기. 유약을 바르지
　　않고 고온에서 구워 내며, 단단해서 잘 깨지지 않는다.
[‡·]　이탈리아의 유서 깊은 명품 도자기 브랜드.

니에게 진심으로 감사하는 나날이 이어졌다.

　그렇지만 반주 일을 하는 밤에는 키리토만 혼자 집에 두고 갈 수 없어서 데리고 다니게 되었다. 해가 지면 이른 저녁을 만들어 먹이고, 5분 만에 화장을 끝낸 뒤 가방에 의상과 기저귀, 직소 퍼즐을 욱여넣은 다음 오토바이에 올랐다. 키리토는 오토바이를 아주 좋아했다.

　"나가자!"

　내가 그렇게 말하면,

　"부우, 부우!"

　키리토는 신나게 외치며 그 독특한 모양의 헬멧을 스스로 쓰는 습관이 어느새인가 생겼다. 일하는 동안 키리토는 대기실에서 혼자 퍼즐을 맞추거나 피아노 앞에 앉아 나를 빤히 쳐다보며 연주를 듣는다. 어린아이지만 그곳이 신성한 직장이고 밥벌이를 위한 공간이라는 사실을 알고 있는 듯했다. 언젠가 악을 쓰며 울어 댔던 그날 이후로 키리토의 난동은 자취를 감추었다. 마왕에게 붙잡혀 가던 밤바다의 공포가 몸에 어려 있는 걸지도 모른다.

　그렇게 생각하면 너무 가엾다는 마음이 들어 진심으로 반성도 했지만, 키리토가 일터에서 잘못을 하거나 생떼를 부릴 때면 나는 주저 없이 엉덩이를 때렸다. 울부짖으면 화장실에 가두고 문을 잠가 울음을 그칠 때까지 그대로 두었다. 그럴 때면 내 자신이 악마가 된 기분이 들어 힘들었지만, 아이가 있다는 이유로 일터에서 봐주길 바라 거나 동정을 받고 싶지 않았다.

일을 마치고 귀가하면, 우선 키리토를 씻기고 재운 뒤 내가 목욕을 하고 잠을 자는 패턴이 만들어졌다. 키리토 는 오토바이 뒷좌석에서 잠드는 날도 있었지만 좀처럼 잠들지 않는 밤도 있다. 침대 옆에 나란히 내 이불을 깔 아 두지만, 재우는 동안에 나도 키리토 곁에서 잠들어 버 려 그대로 침대에서 아침을 맞이하는 일도 자주 있었다. 아침부터 밤까지 어린아이와 함께한다는 건 실로 엄청난 체력을 소모하는 일이었다.

어느새 나는 '애 딸린 피아니스트'라고 불리게 되었다. 아이의 분유 값과 내 와인 값을 벌기 위해 오토바이 뒷좌 석에 어린아이를 태우고 어디든 피아노를 치러 가는, 말 없고 무뚝뚝한 피아니스트. 결코 웃음을 보이지 않는 피 아니스트. 그것이 나였다.

물론 밤에 하는 일 중에는 우아하다고는 말할 수 없 는 일도 있다. 술주정뱅이가 있는 바에서 거슈윈†을 연주

---

† 미국 작곡가. 재즈의 요소를 클래식에 도입하여 독창적인 미 국적 음악 스타일을 확립했다는 평가를 받는다.

하기도 하고, 저속한 콩트를 영업 수단으로 삼는 쇼에서 오펜바흐[‡]를 연주하기도 한다. 테루짱은 그런 장소에 키리토를 데리고 가는 것을 심하게 반대해서, 그럴 때면 그에게 키리토를 맡기고 일을 갔다. 시간이 있을 때는 테루짱이 기치조지까지 와 베이비시터를 자처했지만, 노기자카의 가게나 고마자와에 있는 아파트까지 키리토를 데려다주고 다시 데려오는 경우가 많아서 그건 그것대로 아주 번거로웠다.

"서로 집이 조금만 더 가까우면 좋을 텐데."

우리는 그런 말을 버릇처럼 했다.

"우리 집 근처로 이사 와."

"네가 와."

나는 기치조지가 마음에 들었고, 테루짱은 이동이 편리한 고마자와를 떠나고 싶어하지 않았다. 하지만 그 거리를 왔다 갔다 해야 하는 키리토를 생각하면 어떻게든 서로 양보해야만 했다. 키리토를 조만간 어린이집에 맡기지 않으면 일에 지장이 생길 거라는 사실도 알고 있었다. 그렇게 되면 아침저녁으로 등·하원을 시켜야 하는 문제

[‡] 독일 태생의 프랑스 작곡가. 근대 뮤지컬 코메디의 전신인 오페레타의 대가로, 경쾌하고 대중적인 화려함이 특징이다.

도 생긴다. 이런 상태로 계속 키리토를 돌보는 데는 한계가 있었다.

"차라리 같이 살아 버릴까?"

테루짱이 키리토를 재우면서 불쑥 그런 말을 내뱉은 것은, 그러니까 봄에 눈이 녹듯 아주 자연스러운 흐름이었다.

"괜찮겠어? 나는 하루 종일 피아노를 쳐야 하는데, 소리는 견딜 수 있고?"

"피아니스트랑 살아 본 경험이 살짝 있어서 말이야."

"여자랑 사는 건?"

"뭐, 프로라고 할 수 있지. 누나랑 여동생 사이에 끼여서 자랐으니까."

나는 두말없이 고개를 끄덕였다. 급조된 어설픈 모자 가정에 더할 나위 없는 제안이었다. 지금대로라면 키리토는 이혼한 부모 사이를 캐치볼처럼 왔다 갔다 하는 아이 꼴이 돼 버린다. 때마침 서로의 아파트 재계약 시기가 다가와 있기도 해서, 우리는 함께 집을 찾아보기 시작했다.

피 한 방울 섞이지 않은 세 사람이 한 지붕 아래서 함께 살아간다는 것의 의미를, 그리고 그 진정한 어려움을 그때의 우리는 아직 잘 모르고 있었다. 아니, 어쩌면 그런 것을 너무 깊이 알지 않으려는 둔감함이야말로 생활의 지혜였는지도 모른다. 그렇지 않았다면 날마다 넘쳐나는 아이의 에너지를 감당해 낼 수 없었을 것이다.

IO

　토오코의 백일재 법회에는 키리토와 테루짱과 함께 셋이서 참석했다.

　초칠일과 사십구재가 지나며 참석하는 친척의 수는 점점 줄어들었고, 푹푹 찌는 장마에도 걸음을 해 준 건 히로의 부모님과 히로, 그리고 야스코 이모님뿐이었다. 독경이 끝난 후 쇼진 요리†가 나오자, 나는 다시 한번 키리토를 맡아 키우겠다고 말씀드렸다.

　"그건 정식으로 양자로 들이겠다는 말인가요?"

　"네."

　"그렇지만 이시카리 씨도 언젠가는 결혼해서 아이가 생길 텐데요. 그때 키리토가 걸림돌이 되지는 않을까요?"

---

† 　일본의 사찰 음식. 육류와 생선류, 유제품을 사용하지 않는다.

그런 일은 절대 없을 거라는 사실을 히로의 부모님에게 설명하기란 꽤 어려웠다. 나의 섹슈얼리티를 말해 본들 그들이 이해할 수 있을 것 같지도 않았다. 이야기를 빨리 진행하기 위해 나는 거짓말을 하기로 했다.

"저는 아이를 가질 수 없습니다."

"병원에서 검사를 해 봤나요?"

"네."

"그렇지만 일하면서 혼자 아이를 키우기가 이시카리 씨의 생각보다 훨씬 힘들 거예요. 자기 자식이면 몰라도 남의 자식이잖아요."

"남의 자식이라고 생각하지 않습니다."

"그렇게 말해 주는 건 고맙지만, 그래도……."

"뭔가 문제라도 있나요?"

"맞아. 잘된 일이잖아."

히로가 옆에서 거들어 주었다. 키리토는 자기 이야기인 줄 아는지 모르는지 테루짱의 무릎 위에서 얌전히 음식을 받아먹고 있다.

"시설을 통하면 정상적으로 엄마와 아빠가 있는 집을 찾을 수도 있을 거예요. 어차피 남의 손에서 큰다면 모자 가정보다는 그편이 낫지 않나요?"

"이분은 생판 모르는 남이 아니잖아. 그리고 그런 말

은 실례야, 엄마.”

“이시카리 씨는 프리랜서라고 하셨죠?”

그러자 이번에는 아버지가 입을 열었다.

“그렇다면 안정된 수입도 없다는 이야기인데⋯⋯.”

“급여를 많이 받는 회사원도 아니고, 밤에 일하기도 하잖아요? 그런 환경이 아이한테 좋을지 모르겠네요.”

“집에서 피아노 학원을 하는 거면 몰라도, 그렇지요?”

“둘 다 적당히 좀 해!”

히로가 크게 소리치자 자리에 무거운 침묵이 감돌았다. 설마 그런 말을 들으리라고는 상상도 하지 않았기 때문에 나는 적잖이 당황했다. 어쩐지 부동산 중개인 아저씨에게 평가를 받는 듯한 기분이었다. ‘30대에 미혼? 그것도 프리랜서? 그런 사람, 집주인들은 별로 좋아하지 않아. 일종의 물장사라서 말이야.’ 그렇게 말하며 나의 하잘것없는 생업을 업신여기는 듯한 눈초리였다. 나는 발끝을 내려다보았다.

그러자 지금껏 조용히 듣고만 있던 야스코 이모님이 말했다.

“그런 문제보다는 키리토가 잘 따르는지 아닌지가 제일 중요하지 않을까요?”

여기에 있는 누가 보더라도 키리토가 나보다 테루짱

을 더 잘 따른다는 사실은 자명했다. 아이를 향한 살뜰한 애정 표현 역시, 테루짱이 친부모 못지않을 것이라는 데에는 모두가 동의할 수밖에 없었다. 내가 그다지 아이를 좋아하는 사람이 아니라는 사실은 보면 바로 알 수 있다.

"같이 살면 머지않아 따르게 될 거야."

히로가 덧붙였다.

"멕시코에 있는 동생은 와타리 마사유키를 찾는 걸 포기하지 않았어요. 비용이 들더라도 반드시 찾아낼 생각입니다. 어찌 되었든 양자로 들이려면 동생과 상의해야겠지요."

"저기, 잠시 제가 말씀드려도 괜찮을까요?"

테루짱이 드디어 입을 열었다.

"요컨대, 이시카리 씨가 결혼해서 수입도 안정되고 밤에도 아이를 돌볼 수 있는 환경만 갖춰진다면 아무런 문제가 없다는 말씀이시죠?"

"물론 그렇게만 된다면야 반대할 이유는 없지요."

"누가 있기라도 하나요? 그런 남자분이."

"여기 있습니다."

테루짱은 나를 똑바로 바라보며 말했다.

"오늘 토오코 씨의 묘 앞에서 프러포즈할 생각이었습니다."

순간 정적이 흐르고, 이어 박수갈채가 쏟아졌다. 히로는 맥주를 사러 달려나갔고, 야스코 이모님은 연신 "잘됐어요, 너무 잘됐어요" 하며 내 손을 잡아 주었다.

갑작스러운 전개에 나는 어안이 벙벙했다. 테루짱이 미안하다는 듯 가벼운 윙크를 날렸고, 나 또한 살며시 공범자의 윙크를 날려 주었다. 키리토를 시설에 맡기거나 다른 사람에게 보내지 않을 수만 있다면 무슨 짓이든 하겠다는 각오 하나로 우리는 연결되어 있었다. 키리토를 위해서라면 거짓말쟁이가 되어도 상관없다. 뻔한 연극이든 위장 결혼이든 뭐든 할 수 있다. 내 호적의 한두 줄쯤은 어떻게 되든 아깝지 않았다.

법회가 끝난 후 테루짱, 히로, 키리토와 함께 경내에 있는 토오코의 묘에 꽃을 올리러 갔다. 그러자 웬 낯선 노부인이 마침 향을 사르고 있는 참이었다. 노부인은 흰 치마저고리를 입고 있었고, 머리칼은 바다 거품보다 더 희었다. 잿빛으로 잠긴 묘지 한가운데서 그 두 가지 백색은 한층 더 선명하게 도드라져 보였다. 절벽의 바위 틈새로 사뿐히 내려앉은 나비처럼 단아했다.

"앗, 김 할머니! 와 주셨네요."

히로가 달려가자, 노부인은 우리에게 가볍게 인사하고

는 무덤 앞에서 두 손을 모았다. 우리도 나란히 서서 손을 모았다.

"김 할머니예요. 토오코 누나가 계속 신세 졌던."

히로가 소개하자 할머니는 쑥스러운 듯 손을 저었다.

"신세 진 건 우리지요. 좀 더 빨리 오려 했는데, 도쿄까지는 좀처럼 나오기 어려워 늦었습니다."

"오늘은 총리 관저 앞에서 하는 집회에 나가신 거예요?"

"예. 나루시마 씨한테 꼭 인사를 하고 싶어 잠깐 들렀지요."

나긋나긋한 규슈 사투리로 담담히 이야기하는 김 할머니는 한복을 입고 있지 않았더라면 토오코의 친할머니처럼 보였을 것이다. 온화한 미소를 짓는 철학자 같은 풍모를 가진 이 여성이, 과거 일본군에게 강제로 끌려가 중국의 오지에서 위안부로 지냈다고는 도저히 믿어지지 않았다.

"이 아이가 나루시마 씨의 아이인가요?"

"네. 이제는 고아가 되어 버렸네요."

할머니는 웃으며 키리토의 머리를 쓰다듬었다. 토오코가 아버지 없는 아이를 낳았다는 사실도 할머니는 알고 계신 듯하다. 키리토는 수줍어하며 고개를 돌렸다.

"키리토, 할머니께 안녕하세요, 해야지."

테루짱이 말하자 키리토는 "할머니, 할머니" 하고 불러 김 할머니를 미소 짓게 했다.

"근처에 맛있는 한국 음식점이 있어요. 작년 히간[†] 때였나, 토오코 누나가 가르쳐 줬어요. 언제 한번 김 할머니랑 같이 가자고 이야기했었는데……. 괜찮으시면 다 같이 갈까요?"

히로의 제안에 우리는 모두 찬성했다.

'아리랑'이라는 식당의 김치는 정말 일품이었다. 할머니는 주름진 얼굴로 음미하며 아주 맛있게 드셨다. 막걸리도 불고기도 찌개도 닭죽도 모두 감동적이었다.

"토오코 누나가 할머니와 했던 인터뷰는 책으로 나올 예정이었어요. 그 책을 위해, 계속 거절하셔도 끈질기게 할머니를 찾아갔죠."

"내 이야기를 말씀드릴 생각은 없었는데, 그분 열정에 감동해 버렸지 뭡니까. 지금은 인터뷰하길 잘했다고 생각해요."

"그 책은 히로가 이어받아서 꼭 내도록 해."

[†] 일본에서 춘분과 추분을 전후로 한 약 7일간을 이르는 말. 이때 성묘를 하거나 조상의 은혜를 기린다.

내가 말했다. 여기에도 토오코의 못다 이룬 한이 서려 있었다.

"네. 좀 더 제대로 공부해서 해 볼 생각이에요."

"오우, 믿음직스러운 청년이네!"

테루짱이 아까부터 히로에게 뜨거운 시선을 보내고 있다. 아무래도 히로가 마음에 든 모양이다.

김 할머니는 배불리 먹고 잠이 든 키리토를 무릎에 안고는 가만히 볼을 부볐다. 마치 성모 마리아 같았다.

'스페인 음악이 흐르는 밤'에서 나는 그리웠던 리리아 선생님과 재회했다. 하지만 재회의 기쁨도 잠시, 슬픈 소식이 기다리고 있었다. 리리아 선생님이 시력을 거의 잃으셨다는 소식이었다.

"못 쓰게 된 게 귀가 아닌 눈이라 다행이야. 봐야 할 것들은 이미 충분히 봐 두었지만, 음악을 영원히 잃어버리는 건 참을 수 없어."

"그럴지도 모르겠네요."

"게다가 겉모습에 현혹되지 않으니 음의 좋고 나쁨이 잔혹할 정도로 잘 느껴지지 뭐니. 목소리를 듣는 것만으로 그 사람의 정신 상태까지 알게 된단다."

"무서운데요."

"쿄코는 조금 피곤한 것 같구나. 하지만 괜찮아. 목소리에 활기가 있어. 자, 그럼 피아노를 들려주겠니?"

그날 밤에는 알베니스를 세 곡, 그라나도스를 세 곡, 그리고 파야를 두 곡 연주했다. 나의 정원에서 느긋하게 쉬는 듯한 안정된 연주를 할 수 있었다. 어깨에 힘을 빼고 즐기면서 연주했는데도, 문득 피아노를 처음부터 다시 공부하고 싶다는 강한 감정이 밀려왔다. 너무 갑작스럽고 강렬해서 나 자신도 놀랄 정도였다. 그 감정은 어느새 결심에 가까워졌다.

음악에 대해서 아무것도 모르는 백지상태의 아이로 돌아간 느낌이었다. 미덥지 못해도 행복하게, 절실히 음악을 원하고 있었다. 악보를 허겁지겁 먹어 치우듯 피와 살로 흡수시키며 새로운 곡에 도전하던 그 시절. 연주할 수 있게 되었을 때의 기쁨. 그 순수하던 시간들. 매일 아침 눈을 뜨면 피아노를 칠 수 있다는 사실이 무엇보다 기뻤다. 나는 부모님께 혼이 날 정도로 피아노를 쳐 댔다. 좋은 일이 있으면 피아노를 쳤고, 울고 싶은 순간에도 피아노를 쳤다. 나는 피아노였고, 피아노는 나였다.

나는 지금 사람들 앞에서 피아노를 치고 있다.

이 얼마나 행복한 일인가!

연주회가 끝나고, 나는 리리아 선생님과 남편분인 카발리에 씨가 초대해 준 저녁 식사 자리에 참석했다. 스페인 대사도 몰래 드나든다고 전해지는 오래된 스페인 음식점이었다. 디저트로 나온 시골풍 푸딩을 나는 두 개나 더 먹어 버렸다.

"쿄코. 너, 피아노 연주가 달라졌구나."

리리아 선생님이 그렇게 말씀하셨을 때 가슴이 철렁했다. 역시 실력이 떨어진 건가 싶었다. 대사관은 기뻐해 주었지만, 리리아 선생님의 귀는 속일 수 없다. 나는 혼날지도 모르겠다고 각오했다. 하지만 선생님이 하시려는 말씀은 조금은 다른 이야기였다.

"뭐라고 하면 좋을까……. 타인의 존재를 필요로 하는 소리가 됐구나."

"전에는 그렇지 않았나요?"

"예전의 너는 광활한 황야에서 홀로 연주하고 있는 듯한 소리였지."

"그래, 맞아. 그게 자네의 매력이었지만 자기애가 너무 강했어."

"아니, 얘는 자신조차 사랑하지 않았어. 관능은 알았지만 사랑은 몰랐지."

그렇다. 선생님의 말씀대로였다. 나는 누구보다도 홀

릉하게 연주하는 것과 관능적인 연주를 하는 것만이 좋은 피아니스트라고 믿었다.

"너는 지금도 황야에 있지만, 오늘의 연주는 황야 끝의 멀리 있는 누군가에게 말을 걸고 있는 것 같더구나. 작은 목소리였지만, 아니 그래서 더더욱 마음에 울렸어. 아주 좋았다."

"그래. 매우 훌륭했어."

"감사합니다."

"너는 연주 활동을 더 해야 해."

"그렇지만 저는 처음부터 다시 공부하고 싶어졌어요. 리리아 선생님, 얼마나 더 일본에 계세요?"

"글쎄다. 1년이나 2년? 3년일지도 모르겠구나."

"다시 레슨을 해 주실 수 있나요?"

말이 먼저 튀어 나가고 마음이 그 뒤를 따랐다. 만약 선생님이 스페인으로 돌아가신다면 나도 따라가야겠다고 마음먹었다. 사치만 부리지 않는다면 키리토와 둘이 그곳에서 1년간 생활할 정도의 저축은 있었다. 테루짱도 이해해 줄 것이다.

"너한테 가르쳐 줄 건 이제 아무것도 없어. 이제부터는 관객한테 배우렴."

좋은 스승이란 부모와도 같다. 언제까지나 곁에 있어

준다고 생각해서는 안 된다.

스승이 없어지고 난 후부터 진짜 공부가 시작되는 것이다. 이제는 관객에게 배우고, 이 세상의 삼라만상을 통해 배우며 자신만의 소리를 만들어 나갈 수밖에 없다.

긴 장마가 끝나고, 나와 테루짱은 본격적으로 집을 알아보러 돌아다녔다. 하지만 서로 제각각인 요구를 듣다 보면 끝이 나지 않았다.

"노기자카 가게에 다니기 편한 신다마가와선이나 지요다선, 가능하면 세타가야구 안이 좋겠어. 키리토를 생각하면 공원도 가까워야겠네. 신다마가와선이면 세타가야 공원, 고마자와 공원, 기누타 공원도 있어."

이것이 테루짱의 요구 사항이었다. 그렇지만 나에게도 할 말은 있었다.

"거기는 전부 집세가 제일 비싼 지역이잖아. 피아노도 칠 수 있어야 하고, 게다가 적어도 2DK†는 돼야 해. 도심에서 그 정도 아파트를 빌리려면 돈이 얼마나 드는지 알아?"

"철근 콘크리트로 지어진 건물이어야 하지? 아무리

---

† 방 2개에 식사 공간을 겸한 주방이 있는 집.

안 돼도 십오만 엔은 들겠네. 이제 역에서 좀 멀어져도 나는 참을게. 버스를 타는 건 좀 그렇지만. 기누타 근처는 어때?"

"안 돼, 안 돼. 싼 곳은 전부 버스로 다녀야 한다니까 그러네. 저번에도 봤잖아. 25분이나 걷는 건 무리야. 나는 오토바이가 있어서 상관없지만."

"키리토는 이제 오토바이는 못 타게 할 거야. 그렇게 위험한 거, 절대 안 되지. 내가 운전면허를 딸게. 아이가 있으면 차 없이는 곤란하니까."

"그럼 주차장도 빌려야 되잖아. 점점 더 도심에서는 못 찾겠네. 외곽으로 나가 보자. 찾아보면 그 가격에 주차장도 딸려 있는 집이 있겠지."

"기치조지는 더 비쌌잖아. 어차피 외곽으로 갈 거면 나는 중앙선 안쪽보다도 신다마가와선 안쪽으로 가고 싶어."

우리는 매주 부동산 정보 잡지를 사서 휴일마다 집을 보러 다니느라 발품을 팔았다. 하지만 실제로 가 보면 셋이 살기에 너무 좁거나 수납장이 작거나, 바로 앞에 대로가 있어 교통이 혼잡하거나, 집주인이 거의 결벽증 수준이라 처음부터 아이의 낙서를 신경질적으로 싫어하거나, 피아노를 오후 8시 이후부터는 치지 못하게 하거나, 오른쪽 집에는 태국인 호스티스 집단, 왼쪽 집에는 필리핀 댄서 집단이 살고 있어 일본 야쿠자들이 득실거리는 등, 죄다 그런 집들뿐이었다.

우리의 문제는 하나 더 있었는데, 바로 고양이였다. 우리는 피아노를 칠 수 있고, 반려동물을 키울 수 있고, 어린이도 살 수 있어야만 하는, 삼중고에 시달리는 임차인들이었다.

"이건 뭐, 그냥 집을 사야 하려나. 임대는 무리고, 분양밖에 없나."

"나 그렇게 돈 많이 모아 놓지 못했어."

"얼마나 있는데?"

"백만 엔하고 쪼끔 더. 이사 비용, 운전면허, 거기다 중고차를 사고 나면 끝이야."

"나는 이백만 엔 정도 있는데, 피아노를 옮기는 데 백만 엔 가까이 드니까 계약금도 안 나오겠는걸."

"아니, 그렇게나 많이 들어?"

그랜드피아노를 옮기는 일뿐 아니라 방음 설비 키트를 해체해서 보관하고 다시 설치하는 데 또다시 그 정도 비용이 든다. 정말이지 음악은 안 그래도 돈이 드는 직업이지만 그중에서도 피아니스트만큼 이사에 돈이 많이 드는 직업은 없을 것이다. 그래서 이사를 할 때면 몸 하나로 일하는 지휘자나 오페라 가수들이 부러워진다.

우리는 땅이 꺼져라 한숨을 쉬었다. 둘 다 그럭저럭 벌이는 괜찮지만 계획적으로 저축을 하는 삶과는 아무래도 거리가 먼 인간들인 듯했다. 나는 버는 족족 술을 마셔 버렸고, 악보나 콘서트 티켓 비용, 또 스타인웨이 유지비로 나가는 돈도 무시할 수 없었다. 테루짱은 일 년에 두세 번은 파리나 밀라노, 뉴욕으로 날아가 최신 헤어스타일을 공부해야 하기 때문에 돈이 모이지 않는다고 한다. 게다가 보아하니 옷에도 상당한 돈을 들이고 있는 모양이다.

"둘 다 지금까지의 경제관념을 버리지 않고서는 답이 없겠다."

"나도 알아. 여행은 일 년에 한 번으로 줄이고 옷도 이제 많이 사지 말아야겠어. 그만큼 키리토랑 드라이브를 가서 아동복을 사야지."

"나도 저녁 반주로 마시는 와인은 천 엔 이하 것으로 사고, 그만큼 키리토한테 영양가 있는 음식을 해 먹여야겠네."

"언젠가 대학에 가고 싶다고 해도 당황하지 않도록 학비도 모아 두어야겠어."

"태생이나 환경을 보면 음악가의 길을 걸을지도 몰라.

각오해 둬야겠는걸."

우리의 한숨은 점점 옅어졌다. 부지런히 부동산을 방문하며 공공주택에 응모하거나 주택금융공고†를 알아보고, 어린이집이나 예방접종에 대해서도 공부하는 나날들이 이어졌다.

키리토가 기저귀를 졸업하고 그 조그만 팔다리가 햇볕에 보기 좋게 그을었을 즈음, 집을 소개받은 적이 있는 부동산 중개업소에서 귀한 정보가 들어왔다. 기치조지에 있는 업소인데, 이번에 소개받은 건물은 고가네이에 있었다. 맨션이 아니라 낡은 단독주택으로, 1층에 부엌과 4평 남짓한 거실과 욕실이 있고, 2층에는 3평 정도 되는 방이 두 개 있다. 수납 공간도 더할 나위 없고, 무엇보다도 매력적인 것은 작은 정원이 딸려 있어 소형 자동차는 주차가 가능하다는 점이었다. 원래는 집주인의 딸 부부를 위해 지은 집으로, 딸도 피아노를 했기 때문에 목조 건물이지만 바닥을 튼튼하게 만들었으며, 워낙 오래된 건물이라 고양이를 키워도 괜찮다고 한다. 거기다 집세는 단돈 십만 엔이었다.

† 주택 구매 자금을 낮은 이율로 융자해 주었던 과거 일본의 공공 금융기관.

"분명 엄청나게 낡아 빠진 집일 거야. 게다가 역에서도 멀지?"

그렇게 말하며 떨떠름하게 집을 보러 갔던 테루짱은 한눈에 홀딱 반해 버렸다. 손바닥만 하다고 했던 정원이 생각보다 넓었고 툇마루까지 있었다. 옆에는 양배추밭이 있었고, 다른 한쪽 옆집은 원래 집주인의 집이지만 현재는 가마쿠라에 살고 있어 빈집인 상태였다. 정성 들여 가꿔 놓은 근사한 정원을 그대로 배경처럼 두고 마음껏 눈에 담을 수 있었다. 양옆이 밭과 빈집이니 피아노도 눈치 보지 않고 얼마든지 칠 수 있다.

나와 테루짱은 말없이 서로를 바라보며, 동시에 여기라고 직감했다.

"그런데, 괜찮겠어? 역에서 먼데. 게다가 고가네이라구."

"역까지는 자전거를 타면 10분도 안 걸려. 가게까지는 한 시간하고 조금 더 걸리려나. 어쩔 수 없지, 뭐. 이 조건을 포기할 수는 없어. 근처에 무사시노 공원이랑 노가와 공원도 있잖아."

"그럼, 여기로 결정한 거다! 야호!"

어쨌든 집세가 저렴한 만큼, 해야 할 일은 산처럼 쌓여 있었다. 망가져 있는 빗물받이와 툇마루 수리, 샤워기와 우편함 설치, 페인트칠, 정원의 잡초 제거, 대청소. 게다가 초록빛이 많다는 건 그만큼 벌레가 많다는 뜻이기도 했다. 각다귀나 바퀴벌레는 물론 민달팽이와 지네 퇴치에도 신경을 써야만 한다.

나는 정원에 허브를 심었고, 테루짱은 운전면허학원에 다니기 시작했다.

이사는 히로와 캐논이 도와주었다.

이삿짐센터에서 내 짐과 테루짱의 짐을 집 안으로 옮겨 주고 나니 2시가 지나 있었다. 주먹밥으로 가볍게 점심을 먹고 차를 마신 후 본격적인 짐 풀기에 착수한 것이 3시를 넘어서였다. 일단 오늘 밤에 잘 수 있도록 정리해 놓아야 했지만, 세탁기를 설치한 것만으로 이미 파김치가 돼 버린 우리 넷은 잔뜩 쌓여 있는 박스들을 바라보며 한숨을 쉬었다.

"저기, 지금 캠핑 안 갈래?"

그때 갑자기 테루짱이 태평한 소리를 했다.

"엥? 지금? 이제 곧 해가 질 텐데."

"정리는 내일부터 천천히 하면 되잖아. 오쿠타마라면 여기에서 지금 출발해도 어두워지기 전에 도착할 수 있어."

"그러네! 어차피 잘 곳도 없고."

"가자, 가자! 키리토한테 하늘 가득 촘촘히 박힌 별을 보여 주고 싶어."

우리는 환호하며 목장갑과 걸레를 내던져 버리고 히로의 차로 올라탔다. 테루짱의 캠핑 도구들과 담요를 챙기고, 슈퍼마켓에서 카레 재료를 산 다음 곧장 오쿠타마로 향했다. 운전석에는 히로가, 조수석에는 무릎에 키리토를 앉힌 테루짱이, 뒷좌석에는 여자들이 앉았다. 나는 가끔 캐논과 손을 잡거나 허벅지를 서로 만지며 스킨십을 했다. 테루짱은 룸미러로 작작 하라는 듯한 시선을 쏘아 댔지만, 자기도 역시 기민하게 히로의 옆얼굴을 쳐다보거나 무언가를 거들어 주며 몰래 즐기고 있는 듯했다. 키리토는 기분이 좋은지 연신 노래를 불러 댔다.

강 근처에 텐트를 치는 동안 해가 떨어져 버려, 반합에 지은 살짝 눌은 밥 위에 카레를 끼얹어 저녁으로 먹을 때쯤엔 이미 별이 빛나고 있었다.

"캠핑장에서 먹는 카레라이스는 어쩜 이렇게 맛있을까?"

"그러니까! 세상에서 제일 맛있는 음식 중 하나야."

테루짱이 토오코를 위해 음식을 올리는 모습을, 우리는 모두 아무 말 없이 바라보았다. 키리토는 두 그릇을 먹고도 성에 차지 않는지 더 먹고 싶어했다.

"엄마 몫까지 더 먹어도 돼."

테루짱이 허락했다.

"너희를 보면 어느 쪽이 엄마인지 모르겠어."

"엄마는 토오코뿐이야. 나는 가리, 테루짱은 테루."

"나도 엄마 아빠 역할 분담 같은 건 아무래도 상관없다고 생각해. 이 애를 진심으로 아껴 주는 어른이 둘 있으니, 그게 가족이지."

"언젠가 아빠에 대해 물으면 어쩌지?"

"사실대로 말해 줘야지. 보고 싶다고 하면 무슨 수를 써서라도 찾아내서 만나게 해 줄 거야."

키리토와 히로, 캐논이 텐트 안에서 잠들자 나는 밖으로 나와 별을 바라봤다. 테루짱은 밖에서 담배를 피우고 있었다. 그가 담배를 피우는 모습은 처음이었다.

"한 번도 안 피우길래 비흡연자인 줄 알았어."

"애 앞에서는 안 피워."

"그래? 하긴 항상 키리토와 셋이 있었네."

생각해 보면 단둘이 서로 마주 본 적은 한 번도 없었다. 어쩐지 묘한 기분이었다. 내일 전입신고와 혼인신고를 하기로 했다. 둘 다 솔로로 보내는 마지막 밤이었지만, 한 치 앞도 예상할 수 없는 앞으로의 생활을 상상해 보면 감상에 젖어 있을 여유 따위는 없었다. 각각 양쪽 부모님께 보고와 인사를 드리고, 입양을 하기 위한 법적 절차도 밟아야 하며, 어린이집에 보낼 준비 등 해야 할 일이 태산이었지만, 이사와 청소만으로도 모든 에너지를 소진해 버릴 것만 같았다. 시간도 돈도 그리고 자유도, 혼자 지낼 때보다 두 배는 빠르게 사라져 갔다. 아이를 키운다는 것은 자신의 인생을 깎아 아이에게 준다는 의미일지도 모른다. 두 솔로 남녀에게 그런 실감이 슬슬 나기 시작하는 밤이었다.

"히로는 참 좋은 애 같아."

"응. 하지만 '일반'이야."

"일반을 꼬시는 것도 묘미가 있지."

"항상 누군가와 연애하고 있자, 우리 둘 다."

"다행이다! 가리가 그럴 마음이 생겨서. 정말 다행이야."

나는 테루짱을 볼 때마다 드는 생각이 있다. 여자가 남자에게 절대 당해 낼 수 없는 것이 한 가지 있다는 사실이다. 체력이나 완력, 하물며 지성 따위가 아니다.

그것은 게이의 다정함이다.

"그렇지만 섹스는 집에서 하면 안 돼."

"잘 때는 셋이 내 천(川) 자 모양으로 나란히 자는 게 좋겠어."

텐트 안에서 키리토가 칭얼거리는 소리가 들렸다. 히로와 캐논이 달래도 좀처럼 그칠 기색이 없다. 오랜만에 아주 심하게 짜증을 부리고 있다. 이사다, 캠핑이다 하며 키리토에게는 처음 겪는 일투성이라 눈이 핑핑 도는 하루였을 것이다. 모닥불을 피우는 것도, 풀벌레들의 교향곡을 듣는 것도, 이렇게나 많은 별을 보는 것도, 목욕을 하지 않고 밖에서 자는 것도, 모두 심장이 콩닥콩닥 뛰는 첫 경험이다. 자면서도 흥분해 있었을 게 분명하다.

"아! 응가가 샜잖아. 카레를 너무 많이 먹여서 그래!"

캐논의 비명이 키리토의 날카로운 울음소리에 묻혀버리고 만다. 낯선 누나에게 응가 범벅이 된 팬티를 보여 자존심에 큰 상처를 입은 키리토가 텐트를 흔들며 날뛰자, 텐트는 금세 옆으로 기울어졌다.

테루짱은 키리토를 안아 밖으로 데리고 나와서는 강물로 참방참방 엉덩이를 씻겨 주었다. 단 한마디도 싫은 소리는 하지 않고, 마치 재밌는 일을 하고 있다는 듯 즐거워 보였다. 내가 수건으로 닦아 주자, 키리토는 크게 재채기를 했다.

"좋아, 키리토! 우리 같이 쉬야 하자."

두 남자는 함께 강을 보고 서서 기세 좋게 오줌을 누

기 시작했다. 나는 그 모습이 보기 좋고 부러웠다.

"남자로 태어나길 잘했어! 아아, 기분 좋다!"

키리토는 지금 이 순간을 언제까지 기억해 줄까? 나는 처음으로 비디오카메라를 갖고 싶다는 생각이 들었다. 내 무대조차 찍은 적이 없었지만, 세상 모든 팔불출 부모처럼 이 아이의 어린 시절을 비디오테이프에 담아 두고 싶다. 그냥 지나쳐 버리기에는 너무나 아까운 순간들이었다. 울고, 웃고, 야수가 되었다가 천사가 되고, 이 생명 덩어리가 꼬물꼬물 움직이는 모습은 한순간 한순간이 모두 다 기적과도 같은 것이다.

그때 선명한 별 하나가 떨어졌다. 우리 세 사람은 그 별을 보았다. 숨을 멈추고, 눈 한번 깜빡이지 않고, 넋을 잃은 채 바라보았다.

"아아……. 지금 바로 여기에 토오코가 있어."

"나도 느껴져……. 마사유키가 있어."

토오코가 이제 키리토를 우리에게 맡기고 별이 되어 우주로 돌아갔다는 것을 나는 분명히 느낄 수 있었다. 여름에는 매미로 모습을 바꾸고, 겨울에는 흩날리는 눈이 되고, 봄에는 벚꽃, 가을에는 낙엽이 되어 우리를 지켜봐 줄 것이다. 자연의 모든 것들에 깃든 토오코는 우리에게 다양한 메시지를 끊임없이 보내 줄 것이다. 토오코는 어디에나 있다. 재해와도 같이, 전쟁과도 같이, 신과도 같이, 불꽃과도 같이, 비와도 같이, 토오코는 존재한다. 사랑처럼, 기도처럼, 용서처럼, 위로처럼, 토오코는 언제나 우리와 함께 있을 것이다.

그 사람의 맑은 눈동자가 있는 한, 우리는 가족이다.

사그라다 파밀리아, 성가족이다.

엉성한 사랑이 만드는
단단한 울타리

　이 소설을 처음 읽었던 대학교 2학년 여름방학을 저는 아직 생생하게 기억하고 있습니다. 전통적인 가족관을 가지고 있는 우리나라에서는 상상도 못 할 파격적인 서사에 시간 가는 줄도 모르고 페이지를 넘기던 나날들이었습니다. 그 후 몇 년이 지나 이 작품을 기획하고 번역하는 순간까지도 이 소설은 제 마음을 몇 번이나 요동치게 했습니다.

　이 작품은 퀴어 소설이면서 우리 모두가 보편적으로 겪는 가족이 되기까지의 갈등과 타인을 이해하기까지의 과정을 다루고 있는 가족 소설입니다. 지긋지긋하면서도 애틋한, 서툴면서도 다정한 보편적 사랑의 온기를 담고 있습니다.

　피가 섞이지 않아도, 혹은 남들과 조금 다른 형태라도

서로를 아끼는 마음과 강한 책임감은 가족이 되는 데 충분한 이유가 될 수 있다는 메시지를 던져 주죠. 이 메시지는 비혼 공동체나 비혼 출산, 생활동반자법 등 다양한 가족 형태에 대한 논의가 활발한 현재의 한국 사회에도 시사하는 바가 큽니다.

하지만 보편적 가족 서사인 동시에, 이 소설만이 가진 특별한 점도 눈에 띕니다. 바로 쿄코와 테루미츠가 아이를 위해 결혼을 선택하지만, 각자의 고유한 색깔을 버리지 않았다는 점입니다. 그들은 엄마나 아빠라는 전형적인 이름을 사용하는 대신 각자 레즈비언으로서, 게이로서의 정체성을 유지하며 '함께이면서 따로인 개별적 보호자'가 되기로 합니다. 이는 가족이라는 역할 속에서 정작 '나'라는 개인은 사라지기 쉬운 우리 사회에 개인의 고유성에 대한 묵직한 물음을 던집니다.

나아가 이 이야기는 단순히 성소수자들의 연대만을 보여 주는 데에서 그치지 않습니다. 책 속에는 세상이 정해 놓은 범주에서 벗어난 이들이 가득합니다. 게이와 레즈비언, 역사의 거대한 폭력 아래 상처 입은 노인, 그리고 태어나자마자 보호자를 잃은 어린아이까지 다양한 사회적 약자가 등장하죠. 흥미롭게도 이들을 하나로 묶어 주는 것은 거창한 구호나 운동이 아닙니다. 천천히 오래도록 함께하는, 느슨하면서도 따뜻한 관심과 애정입니다.

겉으로 봤을 때는 얼핏 약해 보이는 이 연결은 사회적으로 소외되고 상처 입은 존재들을 강하고 촘촘하게, 그리고 더 넓게 이어 줍니다.

우리는 늘 사랑에 특정한 이름을 붙이려 애쓰는 것 같습니다. 하지만 이 소설 속 인물들처럼, 이름이 없어 사전적으로 정의 내릴 수 없는 관계라도 서로를 지탱해 줄 수 있다면 그것만으로 충분하지 않을까요? 작품을 번역하며 수십 번을 읽으면서 떠올랐던 감상은 오직 사람만이 사람을 구원할 수 있다는 것입니다. 사람이 사람을 구원하는 일만큼 위대하고 숭고한 사랑도 없을 테니까요. 여기에 대체 어떤 정의(定義)가 더 필요할까요.

서로의 못나고 부족한 점을 채워 가며 만들어 가는 이 기묘하고도 따뜻한 울타리가 여러분에게도 포근한 안식처가 되고, 나아가 곁에 있는 누군가의 손을 한 번 더 맞잡을 용기가 되어 주길 바랍니다.

해강

+ 뜨겁고 달콤하며, 내내 섬세하고 심오하다 +

'퀴어'란 단지 성소수자(적)인 것이나 정상성 비틀기를 넘어, 개인과 사회를 뒤집어 정립(正立)하려는 입장이자 실천이다. '퀴어 문학'은 등장인물들의 정체성을 내세운 "우리도 사랑" 따위의 소수자성이나 기껏해야 다양성 타령이 아니다. 『사그라다 파밀리아, 가족의 탄생』은 신자유주의와 가족중심주의가 공모하는 효율성·가족·성역할·도덕의 틀을 흔들며 생명과 죽음, 자유와 돌봄, 이기와 이타 등 존재와 관계에 관한 질문들을 끝까지 밀어붙인다는 점에서 탁월한 퀴어 문학이다.

뜨겁고 달콤하며, 내내 섬세하고 심오하다. 연인을 잃고서 동성애적 욕망이나 즐기며 살 작정이었던 여자가, 사람과 비인간존재들, 늙은 여자와 난데없는 아이를 만나고 통과하면서, 스스로 상상해 본 적 없는 자신으로 거듭나는 '변태(變態)'의 과정을 그린다. '쾌락과 유희', '집착과 떠나기'의 삶이 아이의 고독과 슬픔에 휘말려 왜, 어떻게 이타를 작심하며 변태하는지, 그 변태력을 지루한 이기의 세상에서 실현하기 위해 누구들과 무엇을 전략하고 합의하며, 지금의 혼돈을 수락하고 내일의 불가지(不可知)에 맞서는지에 관한 철학적 텍스트다. 여성의 욕망과 주체성을 사적이고 정치적으로 직시하면서 돌봄과 자유의 모순 속으로 자신을 밀어넣는 이 여성주의적 성찰과 실천이 많은 독자들을 만나 우리 각자와 사회의 지평을 확장시키기를 기대한다.

최현숙 『두려움은 소문일 뿐이다』 저자, 반빈곤 활동가

+ 함께 무너져야겠다고 다짐하며,
  정해진 길을 벗어날 때 시작되는 이야기 +

임신과 출산, 육아는 때로 계획이나 관리 같은 단어 바깥에서 '사건'처럼 벌어진다. 인간이란 애초에 되돌릴 수 없는 '엎질러진 물' 같은 존재가 아닐까. 그 되돌릴 수 없음이야말로 서로가 서로를 연민해야 할 충분한 이유가 된다.

알면서도 저질러 버리고 마는, 이해할 수 없지만 무릅쓰게 되는 일들 안에 고작 사랑이, 무려 사랑이 깃들어 있다. "함께 무너져야겠다"고 다짐하며 정해진 것처럼 보이는 길을 벗어날 때, 삶도 사랑도 더 흥미진진해진다. 레즈비언, 게이, 어린이가 피 대신 삶을 섞기로 결심하는 이 소설처럼 말이다. 세 사람이 나란히 누워 있는 모습이야말로 누가 뭐래도 클리셰 그 자체의 가족이다. "인간이란 웬만한 일에는 다 익숙해지기 마련"이라, 다양하다느니 새롭다느니 같은 수식어가 우스워지는 날도 반드시 온다. 오늘의 어린이는 그런 세상에서 어른으로 살게 될 것이다. 그 미래를 만들 책임이 우리에게 있다.

장일호 『시사in』 기자, 『슬픔의 방문』 저자

+ 이렇게나 레즈비언 소설이면서,
    동시에 완벽한 가족 소설일 수가! +

이렇게나 레즈비언 소설일 수가! '골드 핑거'라는 애칭의 부치 피아니스트가 스크랴빈을 연주하다 옛 연인의 출산 소식을 듣는 도입부를 읽으며, 과연 이 이야기가 어디까지 갈지 궁금했다. 앉은 자리에서 페이지를 넘기다 보니 정말 끝까지 가더라.

또, 이렇게나 가족 소설일 수가!『사그라다 파밀리아,
가족의 탄생』은 제목에서 암시하듯 정통적인 가족 이야
기이기도 하다. 전형적인 부모 밑에서 자란 아들딸이 등
장해서가 아니라, 혼자인 것에 익숙했던 개인들이 용기를
내어 서로 함께하기로 했다는 의미에서 그렇다. 엉망진창
에 상처투성이지만 기어이 서로를 선택한 이 새로운 가족
을 응원하고 싶다. 나 역시 혼자가 익숙했던 퀴어이기에.

김규진『언니, 나랑 결혼할래요?』저자, 한국 국적 유부녀 레즈비언

+ 특별한 연대가 만드는 다정한 세상을 꿈꾸며 +

이 소설을 읽으며 내 아들이 살아갈 세상을 상상해
보게 됩니다. 핏줄보다 진한 사랑으로 만들어 낸 이 가족
의 특별한 연대가 우리에게 더 다정한 세상을 꿈꾸게 합
니다. 세상이 정해 놓은 틀 밖에서도 우리는 충분히 서
로의 집이 되어 줄 수 있음을 깨닫습니다. 서툴지만 단단
하게 서로를 맞잡은 손들이 현실에서도 항상 함께하기를
바라는 마음으로 이 책을 권합니다.

비비안 성소수자부모모임 운영위원, 영화 〈너에게 가는 길〉 주인공

사그라다 파밀리아,
가족의 탄생

초판 1쇄 발행   2026년 4월 26일

지은이   나카야마 가호
옮긴이   해강
펴낸이   오은지
편집   오은지
디자인   박연미
제작   세걸음

펴낸곳   도서출판 한티재
등록   2010년 4월 12일 제2010-000010호
주소   42087 대구시 수성구 달구벌대로 492길 15
전화   053-743-8368
팩스   053-743-8367
전자우편   hantibooks@gmail.com
블로그   blog.naver.com/hanti_books
한티재 온라인 책창고   hantijae-bookstore.com

ISBN 979-11-92455-85-3 03830